यह उपन्यास अठारह साल बाद एक बार फिर छापा जा रहा है क्योंकि अस्तित्व के ओर–छोर की पड़ताल करने वाली कोई कहानी कभी बासी नहीं होती।

रुई के फाहों की तरह साँस लेने का अर्थ, सीढ़ियाँ फलांगते जाने का अर्थ, मोक्ष की मंशा का अर्थ, एक के ऊपर एक बड़े सलीके से परत–दर–परत इस उपन्यास में रखे गये हैं। जितने फाहे उठाओ, जीवन के उतने ही नये मतलब खुलते हैं।

'होने' के शुरू में क्या था? इसी एक प्रश्न पर टिकी है अस्तु की कथा। उसकी उधेड़बुन ख़याल गायिकी की तरह एक मंत्रमुग्ध कर देने वाली लय पर नदी की तरह बहती चली जाती है।

अस्तु खुद के बाहर खड़ी एक औरत है जो स्मृतियाँ और सपने जोड़ रही है; उदासियाँ और अपनी अनगिनत मामूली और छोटी–छोटी आदतों पर अपने आश्चर्य भी। चारदीवारी में रहने वाली, अपने पति के दफ़्तर से लौटने की प्रतीक्षा करने वाली हर सामान्य औरत कितनी असामान्य और मुक्त हो सकती है, यह हम अस्तु की सोच को पढ़कर समझते हैं। उसके मन के अंदर जो आसमान है, जो ब्रह्माँड है, वह कहीं से शुरू होकर कहीं पर भी ख़त्म नहीं होता। उसके दोनों सिरे खुले और सीमाहीन हैं।

'अ अस्तु का' ज्योत्स्ना मिलन के अद्‌भुत शिल्प और सोच की हिन्दी साहित्य को एक अतुल्य भेंट है।

अ अस्तु का

ज्योत्स्ना मिलन

हार्परकॉलिंस पब्लिशर्स इंडिया

द्वारा 2009 में प्रकाशित

हार्पर हिन्दी हार्परकॉलिंस पब्लिशर्स इंडिया का हिन्दी मुहर है

बिल्डिंग नं. 10, टावर A, 4th फ्लोर,
डीएलएफ साइबर सिटी, फेज II, गुरुग्राम 122002, भारत
www.harpercollins.co.in

ISBN: 978-81-7223-811-7

टाइपसेटर: माइन्डवेज़ डिज़ाइन

मुद्रक: मणिपाल टेक्नोलॉजीज़ लिमिटेड, मणिपाल

निर्मल वर्मा एवं कृष्ण बलदेव वैद
के लिए

यह असाधारण अस्तुपन्यास

कृष्ण बलदेव वैद

ज्योत्स्ना मिलन के इस उपन्यास को 'उपन्यास' मानते हुए मुझे जो संकोच महसूस हो रहा है वह इसकी संरचनात्मक विशिष्टता का परिणाम (और प्रमाण) तो है ही, हिन्दी में ऐसे शिल्प-सजग और नवाचारी उपन्यासों की कमी और उपेक्षा का परिणाम (और प्रमाण) भी है।

अ अस्तु का उपन्यास की (हिन्दी की) बन्धी बन्धाई सुगम सरल परिभाषाओं और अवधारणाओं की जकड़ में रहने से इनकार करता हुआ सुनायी देता है और इस इनकार की प्रक्रिया में कुछ ऐसा कर दिखाता है जो अधिकतर हिन्दी उपन्यास न करना चाहते हैं, न कर सकते हैं।

ज्योत्स्ना यहाँ न कहानी का सहारा लेती हैं, न प्लॉट का, न पात्रों का, न संवादों का, न घटनाओं का, न सामाजिक सन्दर्भों का, न मनोवैज्ञानिक विश्लेषणों का – वे इन तमाम तत्त्वों को त्याग देती हैं जो हिन्दी में अभी तक एक 'अच्छी' और 'पठनीय' औपन्यासिक कृति के मूलाधार माने जाते हैं, शायद इसलिए कि वे एक 'अच्छा' और 'पठनीय' उपन्यास

रचना ही नहीं चाहतीं, वे देखना चाहती हैं कि इन तत्त्वों को त्याग कर भी ऐसा उपन्यास रचा जा सकता है जो पाठक को एक गहरे कलात्मक अनुभव का आस्वाद दे और उससे एक सजग शिरकत की, एक सक्रिय सहृदयता की अपेक्षा करे।

इस उपन्यास की सारी ख़ूबियाँ और बारीकियाँ पहली (और इकलौती) पढ़त में ज़ाहिर नहीं होतीं, इसलिए नहीं कि इसकी भाषा कठिन है या इसमें अभिव्यक्त भाव बेगाने हैं, बल्कि इसलिए कि इसकी संरचना में वैसा काठिन्य, वैसी संश्लिष्टता है जो एक से अधिक पढ़त की मांग करती है – और यहाँ यह भी जोड़ ही दूँ कि कोई भी कलाकृति, वह कितनी ही सहज और सरल क्यों न दिखायी दे, अपने सारे 'भेद' पहली (और इकलौती) पकड़ में रसिक के हवाले कर देने से कतराती है।

<u>अ अस्तु का</u> को मैंने पिछले उन्नीस सालों में कई बार पढ़ा है और हर बार चकराया भी हूँ, चकित भी हुआ हूँ – चकराया हूँ इसकी पुरपेच संरचना पर, चकित हुआ हूँ उस पुरपेच रचना के सौन्दर्य पर – हर बार अस्तु के अस्तित्व और उसकी आत्मा ने मुझे और प्रभावित, और आनन्दित किया है, पिछली बार से ज़्यादा ही नहीं, पिछली बार से कुछ अलग तरह से भी। और अब मुझे इस उपन्यास में कहानी का मज़ा भी मिलने लगा है, पात्रों का दीदार भी होने लगा है, घटनाओं की आहट भी सुनायी देने लगी है, सामाजिक सन्दर्भ भी दिखायी दे जाते हैं, और चेतना और मन के वे रहस्यमय अन्धेरे कोने भी जिनकी ज्योत्स्ना मिलन विशेषज्ञ मानी जाती हैं।

इसकी भाषा की ताज़गी और ख़ूबसूरती का मैं मुरीद हूँ, इसीलिए उन्हें यहाँ कुछ 'नमूनों' में पेश करने से परहेज़ कर रहा हूँ लेकिन इतना कह देना चाहता हूँ कि यह भाषा चिरजीवी है, और यह उपन्यास अपने नये रूप में बहुत देर तक जीवित रहेगा, हिन्दी उपन्यास की एक अनूठी उपलब्ध्धि के तौर पर। अस्तु!

वह दौड़कर सीढ़ियों की ओर लपकी तो एक सीढ़ी फलाँग गई। फिर तो फलाँगती ही चली गई –

लेकिन तुम जल्दी में थी, गैस पर दाल का बघार चढ़ा हुआ था, तुम्हारा ध्यान वहीं था।

जल्दी तो मुझे थी, ध्यान भी कुछ तो बघार की ओर रहा होगा, फिर भी –

गैस पर रखा बघारिया और पहुँचने की जल्दबाज़ी दोनों उसे भूल गए, वह तो सीढ़ियाँ फलाँगती रही। ऊपर पहुँच जाने के बाद भी जब हँफनी नहीं आई तो उसे अफसोस हुआ कि सीढ़ियाँ उतनी ही क्यों थीं? कुछ और होतीं तो कितना मज़ा आता चढ़ने में!

वह खुश थी कि इतनी सारी सीढ़ियाँ चढ़ने के बाद भी उसे पूरी साँस आ रही थी, अपने आप आ रही थी। उसके मन में अभी और सीढ़ियाँ चढ़ने की इच्छा बनी हुई थी। फिर भी वह, इस तरह लगातार सीढ़ियाँ चढ़ती ही तो नहीं रह सकती थी।

पिछले एक घंटे में उसने कितने सारे काम कर डाले थे। कामों की तो यों भी शुरू से कोई कमी थी ही नहीं। वैसे कहो तो काम कौड़ी का नहीं फुरसत घड़ी की नहीं वाला हाल उसका हरदम रहता।

कभी थककर, कभी ऊबकर, कभी किसी के आ जाने से या रात हो जाने की वजह से वह काम करना बंद न कर दे तो कोई न कोई काम, एक के बाद दूसरा तुरंत ही उसे दिखाई देने लगेगा। बल्कि पहला काम चल ही रहा होगा कि दूसरा उसे दिखाई देना शुरू हो जाएगा।

दिन भर में कई सारे काम तो वह महज़ आदत से करती थी, कई ज़रूरत से, कई ऊबते हुए, कई बेमन से। कई काम जिन्हें कोई नहीं करता था, वे भी उसके खाते में डल जाते। उसका बस चले तो कुछ काम वह कभी न करे।

'बाप रे!' उसने चौंक कर लगभग डरते हुए कहा – क्या इतने सालों से मैं रोज़ सुबह-शाम खाना ही बना रही हूँ? और फिर भी क्या कह सकती हूँ कि मेरा बस चले तो कभी खाना न बनाऊँ, बच्चे पैदा न करूँ, टाइप न करूँ, कपड़े न सिलूँ? एक के बाद एक उसने कामों का ढेर लगा दिया। उस पूरे ढेर को वह देर तक गथोलती रही। उसमें से एक भी काम ऐसा नहीं मिला जिसे उठाकर फेंक दे और कहे कि 'इस काम को तो मैं कदापि नहीं करूँगी।'

अब रोटी बनाने का काम ही ले लो। कभी-कभी कितना मज़ा आता है रोटी बनाने में। लोई बेलन के नीचे चमत्कारी ढंग से अपने आप घूम-घूम कर फैलती जा रही हो, एक सी गोलाई में। तवे पर डलकर, अपने आप ही जैसे ठीक समय पर पलट जा रही हो।

आजी ने एक बार बताया था कि तवे पर पहली रोटी डालने से पहले थोड़ा-सा पलथन डालकर, कपड़े से घुमाकर गिरा दो तो रोटी कभी चिपकेगी नहीं फिसलती रहेगी सतह पर। फिसलते हुए उसे भूल जाता कि कोई सतह है, कि वह फिसल रही है या सतह जैसे हवा की हो या पानी की।

हाँ तो रोटी जब रंग बदलने लगे यानी कच्चेपन का रंग पकने लगे तो उसे पलट दो। दूसरी बाजू को अच्छा सिकने दो। चुनरी पड़ जानी चाहिए पीठ पर, फिर मुँह के बल डाल दो आग पर ज़रूर फूलेगी। आगे भी पड़ने दो हल्की सी चुनर। लकड़ी या कोयलों की नोक से या गैस की सिगड़ी की ढीकों से कभी-कभी दग जाती है रोटी, ऐन उसी क्षण उसे बचा लो। फूलने वाली रोटी से ही गंध उठ कर फैलती है,

घर में, निकल जाती है कभी घर से बाहर मुहल्ले में और सड़क से आने-जाने वाले आदमी की नाक में घुस जाती है। फिर तो उस बेचारे को रोटी के सिवा कुछ दिखना ही मुश्किल।

रोटी बनाने में जब मज़ा आता तो लगता जैसे रोटियाँ अपने आप बिल रही हैं, सिक रही हैं और वह उनका बनना देखती रहती है। जैसे जादू का खेल हो रहा हो उसके सामने। 'ब्रह्म लटका करे ब्रह्म पासे'

और कभी वही रोटी बेलने को हाथ घूमते रहते हैं, रोटी थोड़ा-सा घिसट कर रुक जाती है बार बार, हाथ से खिसकाओ बेलो-खिसकाओ बेलो। जैसे-तैसे पटे पर की रोटी बिलती है तो तवेवाली दग जाती है कहीं न कहीं से और कोई कोई तो पूरी की पूरी ही स्वाहा हो जाती है। कभी-कभी तो गिनी-चुनी दस बारह रोटियाँ बनाना भी पहाड़ हो जाता।

माँ बड़बड़ाती – 'इतने पहाड़ जैसे दिन में भी सोती नहीं कभी, जाने क्या करती रहती है सारे समय।' माँ को गरमियों के दिन अकसर पहाड़ लगते, और उसे कोई छोटा-सा काम। हो सकता है उससे कहते न बने कि आज के बाद मैं कभी रोटी नहीं बनाऊँगी या मेरा बस चले तो कभी न बनाऊँ!

फिर भी, किसी एक दिन उसका मन करता कि घर भर में मुनादी करवा दे – आज मैं खाना नहीं बनाऊँगी! जिसे बनाना हो बनाए, न बनाए मेरी बला से और भूल जाए खाना बनाने, खिलाने या खाने के बारे में।

ऐसा कैसे हो सकता है?

कल को समय कहे कि मैं तो जाने कब से चल रहा हूँ, अब मैं खुँप जाता हूँ किसी एक जगह। या पेड़ कहे कि मैं रोज़-रोज़ इस तरह खड़ा नहीं रह सकता, कभी-कभी मुझे भी चलने फिरने की छूट मिलनी चाहिए। या मकान कहे कि, 'आज के दिन तो मैं पहाड़ की चोटी पर ही बैठूँगा या तुम्हारे शहर में पहुँच जाऊँगा या आसमान में उड़ूँगा या हिलता ही रहूँगा या जब मरजी होगी गिर पड़ूँगा कहीं भी कभी भी।

इसकी मुझे छूट हो तो मैं तुम्हारा घर होने को तैयार हूँ' घर की शर्तें सुनकर बोली – चलो मान लिया लेकिन फिर जब मैं चाहूँ तुम्हें छोटा-बड़ा कर सकूँ; जब चाहूँ मेरे पास घर हो, जब चाहूँ न हो। बोलो मंज़ूर है? दोनों की अपनी शर्तें थीं।

नहीं, लेकिन ऐसा हो कैसे सकता है?

हो क्यों नहीं सकता, जब यह हो सकता है कि तुम किसी एक दिन यूँ ही खाना न बनाओ या फिर ठोस कारण हों, गंभीर बीमारी, या उससे भी अधिक महत्व का काम ... ।

दो बातों को मिलाओ मत। हरदम उटपटाँग घपला। दोनों सिरे से अलग हैं उसने लगातार घूरते हुए कहा।

अलग कैसे हुई?

तुम्हें अच्छी तरह पता है कि वे अलग हैं, फिर भी तर्क भिड़ाए जा रहे हो।

यह एक बिल्कुल ही अलग बात है कि उसे कुतर्क में भी मज़ा आता है। वह एक दिन करके देखेगी। खाना नहीं बनाएगी और देखती रहेगी आसपास कहीं पेड़ चलने-फिरने तो नहीं लगे, समय कहीं खुँपा तो नहीं है बगीची में, घर कहीं लुढ़का तो नहीं पड़ा?

मूर्ख यानी एकदम मूर्ख। खाना तो मेरे बदले तू भी बना सकता है, लेकिन सूरज के बदले तू या मैं नहीं उग सकते। समझा?

वह हँसे जा रही थी और बघार लगाते लगाते भी सीढ़ियाँ ही फलाँग रही थी। जैसे-जैसे फलाँगती जाती, सीढ़ियाँ बढ़ती जातीं। फलाँगते-फलाँगते वह अपने से पूछती जा रही थी, पहले मैं थकूँगी कि पहले सीढ़ियाँ खत्म होंगी? वह तो जो भी हो। बस मैं भर न थकूँ।

और सीढ़ियाँ ही जो खत्म हो गईं तो फिर क्या मज़ा?

□

उस दिन वह बैठी रही थी, दिन भर बस बैठी रही। अँधेरे से दिन अभी हिलगा भी न था तब से बैठ गई थी, रात एक बजे तक बैठी रही। बैठी रही यानी रोज़ करने वाले कई सारे काम नहीं किए, कुछ किए जिन्हें काम उस तरह से कोई न भी माने –

उसने नहाया –

चाय पी – तीन? नहीं चार बार –

कुछ कुछ चबाती भी रही बीच बीच में –

किसी समय उठकर बरामदे या छत से आसपास बगरी दुनिया में ताक-झाँक भी की –

उसने उस दिन –

दोनों वक्त खाना नहीं बनाया –

दफ्तर नहीं गई –

अखबार नहीं पढ़ा –

न चिट्ठी लिखी, न कपड़ा सिला, न गप्पें कीं –

कोई आया-गया भी नहीं –

कामवाली आई थी, वह उस तरह से 'कोई' नहीं थी। उससे बात करना ज़रूरी नहीं था ... ।

बैठी रही तो बैठी रही और बैठी-बैठी देखती रही आसमान को। जमीन के करीबवाला आसमान मक्के के दूधिया दानों जैसा था। ऊपर सफेद-बादलों के बीच घिरा आसमान गहरा नीला। ठीक सर के ऊपर। दूधिया आसमान आँखों के सामने था। उड़ता हुआ पक्षी ऊपर उठता जाता था। उड़ते-उड़ते पास के बादल में घुस जाता, कभी आसमान में

ही अलोप हो जाता, जैसे हो ही नहीं। फिर अचानक ही उतरा आता आसमान से।

'फुर्र ... फुर्र ...' ऊपर-नीचे, ऊपर-नीचे उड़ती चिड़िया से कहा-'फुलचुक्की' और कहते कहते झट से चिकोटी काट ली। फिर लेट गई आसमान के नीचे। फुलचुक्की थी कि उड़े जा रही थी ऊपर-नीचे, ऊपर-नीचे, जैसे यही एक काम हो उसका।

ऊपर अब खाली आसमान था, खाली और नीला।

पेड़ों पर पसरा आसमान कितना अधिक नीला था और सफेद बादलों से घिर जाए तब तो गह्वर देख लो। जैसे गहरे-गहरे खुदता कुँआ। देखते-देखते ही वह छलाँग लगा देती कुएँ में, होते-होते अचानक ही नहीं होती।

इस समय सिर्फ नीला आसमान था, एक तल्ला आसमान। वह देखती रही, देखती रही और भूल गई कि वह आसमान से मुखातिब है।

जब लेटी तो थकान उस पर चढ़ आई थी बाढ़ की तरह। ऐसा क्या काम किया आज मैंने कि मैं इतनी थक गई?

बिस्तर पर तो रोज़ ही सोती है कभी इस करवट कभी उस, कभी एकदम चित्। हाथ-पैर ऊपर-नीचे ले जाकर, फैला कर, मोड़कर सब तरह से सोती है पर थकान बनी रहती है जस की तस। पहले तो ऐसा नहीं होता था। फिर भी आज के बराबर तो कभी थकी ही नहीं। देर तक लेटी रही आसमान के नीचे, जैसे हवाले कर दी गई हो आसमान के।

आसमान को देखना, देखना और देखते रहना, इसके सिवा कुछ नहीं किया था उसने और अब साँस पूरी आ रही थी, पूरी और गहरी साँस।

कभी तो उसे पता भी नहीं चलता था कि वह साँस भी लेती है कि – लगातार लेती है। पता ही नहीं चलता था कि कब आई वह और कब गई। साँस की ओर उसका ध्यान कभी गया ही नहीं जबकि बिना

साँस लिए, एक पल भी नहीं बीतता था। न कभी उसने अलग से कुछ सोचा साँस के बारे में।

कई मौकों पर साँस को साधना ज़रूर पड़ता था जैसे जब कभी किसी को कानोकान खबर न लगे और फूट निकलना हो तो वह साँस को पकड़कर भीतर गाड़ देती, उसे हिलने डुलने भी नहीं देती, उतनी देर को।

एक दिन तमाशा हो गया। साँस पूरी आए ही ना, आए ही ना, आते-आते बीच में ही कहीं छूट जाए। ऐसा तो पहले कभी नहीं हुआ था। बाहर कहीं कुछ है या भीतर कहीं? वह कुछ भी तय नहीं कर पाई और डर गई।

अगर साँस पूरी आए ही नहीं तो?

छोड़ो मत, रोक रखो साँस को भीतर ही।

भीतर छूट जाए या बाहर, बात तो वही न होगी।

और उसके बाद क्या बचेगा? न मैं, न पेड़, न आसमान, न तुम।

'उँहूँ, मैं तो रहूँगा' पेड़ ने कहा। हवा ने, पानी ने, घरों ने, लोगों ने सबने कहा – मैं तो रहूँगी, मैं तो रहूँगा।

ठीक उसी समय वह नहीं थी, बाकी सब कुछ था।

कोई कैसे कह सकता है कि वह नहीं थी अभी-अभी?

वह दौड़कर बाहर निकल आई। कितना सारा आसमान था। कितने दिन से नहीं देखा था उसने आसमान को? उसे ठीक से याद नहीं आया कि अंतिम बार कब देखा था उसे?

दस ... पन्द्रह दिन?

नहीं, महीने दो महीने से नहीं देखा क्या? या पता नहीं कब से नहीं देखा। बाहर भी शुरू में तो कोशिश करनी ही पड़ रही थी, साँस लेने के लिए। फिर बिल्कुल ही भूल गई थी साँस के न आने की बात।

यानी पिछले कितने दिनों, बल्कि सालों से थकी हुई थी। थकान पूरी तरह, उतरी ही नहीं कभी; बनी रही कुछ न कुछ हमेशा ही।

यह तो कितना बढ़िया कीमिया है खुले आसमान के नीचे सोओ और बरसों की थकान उतार लो। हींग लगे न फिटकरी, मुफ्त का इलाज।

सा'ब आप कैसी बात करती हैं? बिना पैसे के क्या इलाज होता है?

आने को तो आप एक ही तकलीफ लेकर आई थीं कि साँस लेने में तकलीफ होती है, कि मुँह खोलकर साँस लेनी पड़ती है कि तब भी कई बार नहीं आती पूरी साँस –

देखिए, साँस न आना अलग से कोई बीमारी नहीं है। इसके साथ और भी कई बीमारियों के जुड़े होने की आशंका है। मानसिक बीमारी भी कुछ हो सकती है। इस बीमारी की जड़ें गहरे तक और कहीं भी हो सकती हैं, आप में, आपके नाना में, दादी में, बाप में, माँ में। यह तो गहरी खुदाई का मामला है। दरअसल आप सोचतीं बहुत ज़्यादा हैं। सारे समय घूमती रहती है ग्रिल। यही है मुसीबत की जड़। इसी को उखाड़ फेंको या फिर सुला दो।

इतनी गहरी खुदाई कौन करे? गोली दे दो और छुट्टी पाओ। सोती रहेगी। न सोचेगी, न खोदेगी कुआँ, न उसमें झाँकेगी, न छलाँग लगाएगी।

नामी डॉक्टर थे। कमरे में बुलाया और मेज़ की दूसरी तरफ बैठने का इशारा किया। हाँ तो बताइए, क्या तकलीफ है?

साँस लेने में तकलीफ होती है, पूरी आती ही नहीं!

ऐसा कब से हुआ?

ठीक-ठीक तो याद नहीं। पहले कभी-कभार अचानक ही ऐसा हो जाता था और मुँह खोल कर ही साँस लेनी पड़ती थी।

क्या सीढ़ियाँ चढ़ने से, वजन उठाने से या जल्दी-जल्दी काम करने से ऐसा होता था?

ऐसा नहीं था। आराम से खड़ी होकर या टहलते हुए बाल बना रही होती या अखबार पलट रही होती या बैठी ही होती कि हल्की-हल्की बेचैनी से होती थी शुरूआत। फिर साँस उलझ जाती। कुछ चिंता में पड़ कर मैं पूरी साँस लेने के लिए परेशान होने लगती। इसी बीच सब कुछ अपने आप ठीक हो जाता और मैं भूल जाती साँस के पूरी न आने की बात।

ये लगातार साँस लेने में, कठिनाई कब से होने लगी? कुछ याद है?

पिछले दिनों एक बच्चा मर गया पड़ोस में। प्यारा और स्वस्थ बच्चा, कोई आठेक साल का। पिछले साल तक कम से कम उसका बाप तो था। उसने बच्चे का जन्मदिन देवलाली में धूमधाम से मनाया था। भाई ने भी यहाँ लोगों को बुलाया तो था। पर आए दो-चार लोग ही। बच्चा तब से उदास था।

दफ्तर से लौटने पर टिन्नी ने बताया कि सड़क पार वाले सहगल सा'ब के यहाँ से बुलाने आए थे।

जान न पहचान, किसी को भी बुला लेते हैं। जन्मदिन पर! बुलाना भी हो तो एकाध दिन पहले तो बताओ। अब अभी के अभी बाज़ार दौड़ो। मैं बहुत बड़बड़ाई थी।

फिर वह ... ।

तब से लगातार चार-पाँच दिनों तक साँस लेने में कठिनाई हुई। अब भी होती है। हाथ पैर जैसे पूरी तरह निचुड़ जाते हैं।

उस दिन भी ऐसा ही हुआ था।

मैं पंखे के नीचे लेटी थी। नीचे कहीं पुराना रिकॉर्ड बज रहा था। दूसरे कमरे में टी.वी. चल रहा था, उधर वाले ब्लॉक में टाइपराईटर की ठक्-ठक्। पता नहीं कितनी आवाज़ें थीं आसपास अभी कुछ देर पहले

तक और मुझे तो अब सिर्फ पंखे की फट्-फट् ही सुनाई दे रही थी, जैसे हर चीज़ से यही एक आवाज़ निकल रही हो। मैंने दूसरी आवाज़ों को सुनने की बहुत कोशिश की लेकिन सब कहीं वही फट्-फट् थी। रोज़ मैं उसी पंखे के नीचे तो सोती हूँ, यह आवाज़ पहले सुने की याद तो नहीं थी।

हो सकता है इससे पहले, आपका ध्यान न गया हो।

लेकिन ऐसा हो कैसे सकता है?

वैसे ही जैसे इतनी आवाज़ों के बावजूद तुम्हें सिर्फ फट्-फट् ही सुनाई दे रही थी।

वह तो जो भी हो, पर पंखे से ऐसी आवाज़ आने का मतलब था कुछ न कुछ गड़बड़ी। ऐसे में कुछ भी हो सकता था। हो सकता है पंखे में आग ही लग जाए। और जब आग लगे तब क्या पता सब सोए पड़े हों। आग बढ़कर –

या फिर यह भी हो सकता है कि पंखा मुझ पर गिर पड़े और मैं?

किसी भी तरह ऐसा कुछ हो कि मैं मर जाऊँ। बस उसी के बाद लगा जैसे पूरा बदन निचुड़ गया है। उसने तो जैसे 'जो कुछ भी कहूँगी सच कहूँगी, सच के सिवा कुछ न कहूँगी' की कसम उठाकर सारी बातें डॉक्टर को बता दीं।

सही सही इलाज करवाना हो तो डॉक्टर को भीतर-बाहर की सारी स्थिति सही सही बता दो उसने अपने से कहा और जोड़ा तुम डॉक्टर सा'ब को बता दो कि ...

यह सब बताना कतई ज़रूरी नहीं है।

क्या पता उसी से हुआ हो?

तब तो पहले भी होना चाहिए था। यह तो बस कुछ नहीं, दिल-दिमाग दोनों मिलकर एक ही दिशा में चलते चले जाएँ तो और क्या हो सकता है?

जीवन में पहली ही बार मिले डॉक्टर को, कुल दस मिनट में उसने अपनी सारी बातें सही सही बता दीं। जो कुछ, जितना, जैसे घटा, सब का सब उसी क्रम में बता दिया और दस मिनट की खुदाई की कीमत चुकाई।

ये देखिए ये गोलियाँ दिन में तीन बार, छोटी वाली दो गोलियाँ, दोनों टाइम खाने के बाद और सोते समय यह एक गोली गरम दूध के साथ लीजिए। एक दिन छोड़कर या हफ्ते में दो दिन आते जाइए। अपन बातें करेंगे।

'दस मिनट' – डॉक्टर के वाक्य को उसने अपने मन में पूरा किया और सिर हिला दिया।

दवाइयाँ लेती, सोती, उठती, खाना खाती, सोती उठती, चाय पीती, दवाई खाती, सोती और हर तीसरे दिन पहुँच जाती डॉक्टर के पास। सौ बात की एक बात।

क्या?

कि सही इलाज करवाना हो तो नंबर एक, डॉक्टर जैसा कहे वैसा करो। नंबर दो, सब कुछ सही सही बता दो, कुछ भी छिपाओ मत।

पहले दिन तो उसे लगा जैसे वह चर्च में जाकर कन्फेशन करने की कोशिश कर रही थी। फिर भी कुबूलात की है, ऐसा नहीं लगा। सच उसके भीतर कुलबुला रहा था। तीसरी बार जाकर – डॉक्टर सा'ब, एक बात ...

हाँ हाँ बताइए। घबड़ाने की कोई बात नहीं है, अपन बातें ही तो कर रहे हैं।

नहीं ... वह हँसने लगी।

बताइए न?

कुछ नहीं ...

आप कुछ परेशान हैं! जाने दीजिए, अगली बार सही।

चौथी बार बात उसी ने शुरू की – दरअसल बात यह है कि मैं कभी कभी गाँजा पीती हूँ।

साँस को लेकर वह बेहद चिंतित थी। साँस जैसी चीज़ के बारे में सोचना पड़े, प्रयत्न करना पड़े यह बात उसे बहुत डरावनी लगी थी। ऐसे रोग की जड़ें कहीं भी और गहरी होती हैं।

क्यों पीती हैं आप गाँजा?

ऐसे ही वह हँसने लगी।

क्या उस दिन भी पिया था आपने?

जी, उस दिन भी। वह तो मैं पिछले आठ-दस सालों से ले रही हूँ।

देखिए, आप ठीक होना चाहती हैं तो, इसे छोड़ दीजिए। इसे लेने से मन कुछ हल्का होता हो या किसी चीज़ में रमता हो तो ऐसे रमने का भी क्या मतलब है?

छोड़ दूँगी (अगर बदले में साँस मिलती हो, पूरी और नामालूम साँस)।

इस मामले में वह किसी से कोई बहस करना नहीं चाहती, हालाँकि उस समय उसने यह बात ईमानदारी से कही थी और कई दिनों तक हाथ नहीं लगाया था। जबकि उसका पक्का विश्वास था कि यह जो कुछ भी हुआ उसकी वजह से नहीं हुआ। और फिर इसे छोड़ने न छोड़ने जैसी भी कोई बात नहीं थी।

यो तो इलाज के चक्कर में ही न पड़ो और पड़ो तो पूरी तरह से पड़ो। सही इलाज करवाना हो तो ... और इलाज कोई उम्र भर तो करोगी नहीं।

डॉक्टर को यह समझाना मुश्किल भी था और फिज़ूल भी कि सारा बखेड़ा इस रमने का ही तो है।

हर तीसरे दिन, दस मिनट की बातचीत में एक पत्ता उड़ जाता। उसके बाद बहुत देर तक उसे साँस नहीं आती। पूरी एक साँस के लिए ही उसे कितनी मेहनत करनी पड़ती थी।

घर जाकर दवाइयाँ लेना और सोते रहना। उसके लिए कुल दो ही काम बच गए थे खाना और सोना।

अब न उसके लिए समुद्र था, न आसमान, न पेड़-पौधे, न दुनिया। घर के ही दो-चार लोग और उनमें से भी किसी से कोई बात न चीत। उठना और खाना। दवाइयाँ या खाना। फिर सो जाना। चाय, नाश्ते या खाने के समय उसे उठा दिया जाता – अस्तु उठ, चाय पी ले, या खाना तो खा ले।

कितने बज गए? वह पूछती। जवाब में सुबह आठ-साढ़े आठ, दोपहर साढ़े बारह-एक, तीन-चार या सात-आठ इनमें से कोई सा समय उसे बता दिया जाता। और वह मान लेती। कभी तो इतना ही बताया जाता कि – समय खाने का है या समय चाय का है। खाने की थाली पर बैठते हुए उसे झेंप सी लगती कि वह बने खाने या लगी थाली पर बैठ जाती है। ऐसा पहले कभी नहीं हुआ था।

खाते-खाते उसे लगने लगता कि वह तो जाने कब से खाए ही चली जा रही है, फिर भी थाली में का खाना तो खतम हो ही नहीं रहा है। यह खाना कब खतम होगा? वह थक कर सोचती। खाना खतम होने पर आज मैं सोऊँगी नहीं। माँ के साथ गेहूँ बीनूँगी या माँ का ब्लाउज़ सिलूँगी। हद हो गई, यह मुफ्तखोरी कब तक?

खाना खतम होने के बाद चौके से निकलकर वह पलंग पर न बैठ कर निश्चयपूर्वक कुर्सी पर ही बैठी कि सोएगी नहीं। थाली में गेहूँ लेकर वह माँ के साथ बीनने लगी पर नींद तो लहर पर लहर बाढ़ की तरह उमड़ आई। गेहूँ की अधबिनी थाली सरका कर वह बिस्तर पर लुढ़क गई।

आह! नींद!

□

उस पर, हरदम बस एक ही भूत सवार रहता, नींद का। भूतों की सवारी के लिए तो उसकी ख्याति शुरू से ही रही है।

बस हो गया भूत सवार! इस लड़की के मारे तो नाक में और दम है। एक न एक भूत तो हमेशा ही सवार रहता है इस पर। कभी खेलने का तो कभी भटकने का, कभी पढ़ने का तो कभी काढ़ने का और कभी कुछ न करने का। एक के चंगुल से जब तक छुड़ाओ तो दूसरा पकड़ लेता है। माँ को आए दिन इसी तरह की कोई न कोई बात कहनी पड़ती थी। वे बिना चूके कह देतीं हर बार।

अड़ोस-पड़ोस की और दादी जैसी दुनिया देखी हुई औरतों का तो पक्का विश्वास था कि यह भूतों वाला चक्कर औरतों के लिए नहीं है या औरतें इस पचड़े में पड़ने के लिए हर्गिज़ नहीं बनी हैं। इसीलिए जब भी उन्हें किसी भूत का अंदेशा होता, वे उसे भगाने पर आमादा हो जातीं।

इधर वह खुद भूत बचाओ अभियान में मशगूल शकल बदलती रहती कि पहचानी या पकड़ी न जाए। पर माँ थी कि हर बार भूत के होने को जैसे सूँघ लेती थी। शुरू में तो वे बहुत डरती थीं कि हे भगवान अब क्या होगा, इस लड़की का? वे भूतों को भगातीं और लड़की उन्हें बुलाती। इतना तो वे समझ गई थीं कि इसका कोई इलाज नहीं है। कि इसे भूतों के चंगुल से छुड़ाना आसान नहीं। फिर भी उन्होंने हार नहीं मानी।

लेकिन यह वैसा वाला भूत तो था नहीं। इसे तो दवाइयाँ खा-खाकर अपने पर सवार किया जाता है। वो वाले भूत तो एक अलग ही दुनिया लाते थे अपने साथ। पर इसने तो उसकी पूरी दुनिया को ही निगल लिया

था। आदमी से या किसी भी दूसरी चीज़ से उसका कोई ताल्लुक नहीं रह गया था। वह तो बस सोती रहती थी। रात-दिन सोना, सोना और सोना! इस कदर भरी-पूरी दुनिया में वह उम्र भर सोती रहे, यह भी कोई बात है?

पंद्रह-सत्रह दिन लगातार इसी तरह सोने के बाद एक दिन सवेरे जब उठी और मुँह धोने बाहर निकली तो सामने ही केशिया का, फूलों से खचाखच भरा पेड़ था, जैसे फूलों का ही पेड़ हो –

'फूलनी नदी, फूलनुं तळाव, फूलनुं नानुं गाम'... ।

अभी भी हल्के से अँधेरे का स्वाद था उजाले में। इस लिए गुलाबी केशिया अँधेरे में से उतराता हुआ आता लग रहा था।

पीछे बाड़े में काकी सूअरों के लिए कुंडी में राब कुडेल रही थी। नारियल की एक डगाल बालकनी पर फैल कर झुकी हुई थी। पिछले कितने दिनों से जैसे यह सब कुछ कहीं था ही नहीं। जबकि यहाँ तो बिन्नी है, माँ है, भवेश है, आर्द्रा है, विश्वास है और कितने सालों बाद आई है वह यहाँ! अब तो कुल जमा आठ ही दिन बचे हैं। अभी तक वह एक बार भी समुद्र किनारे नहीं गई। सदा नीले रहने वाले यहाँ के आसमान को भी नहीं देखा। कितना पास लगता है यहाँ आसमान! जैसे उसके घर का हिस्सा हो। इसी को तो हर बार कुछ न कुछ बटोर कर ले जाती है वह, अपने साथ। जब कभी किसी तहख़ाने में उतरना पड़ता है वह उसे अपने चारों ओर तान लेती है।

इतना सब कुछ यहाँ है और वह सो रही है, अंधाधुंध सो रही है। इस बीच उसे यह भी पता नहीं चल पाया कि साँस उसे पूरी आ रही है या नहीं। उसका डर सही था, साँस अभी भी आधी-दूधी ही आ रही थी।

बरतनों की आवाज़ सुनकर उसने नल की ओर झाँका। चौड़े मरुन पाड़ की नीली साड़ी कच्छा मारके पहनी हुई काकी बरतनों का ढेर

लगाकर नल के सामने जमा थी। पैर में चांदी के मोटे कड़े, कानों में बीच में नीला या लाल नग जड़ी सोने की बड़ी-बड़ी बुट्टियाँ, गले में लंबी लटकती तीन-चार कंठियाँ।

मछुआरिनों के कानों में मछली के आकार की, सोने की ठोस बालियाँ होती हैं। उनके कानों के छेद इतने बड़े हो जाते हैं कि बगल में बैठी हुई मछुआरिन के कान के छेद से खिड़की का पूरा दृश्य दिखाई दे जाता। पास बैठने पर उनके बदन से उठने वाली मछली की गंध को भी झेलना पड़ता जो पसंद तो उसे बिलकुल भी नहीं थी।

पसंद नापसंद की बात से उसे झुरझुरी आ गई। उन दिनों बिन्नी डॉक्टरी पढ़ रही थी। जिस सड़क से होकर वह कॉलेज जाती थी उस पर एक भिखारी उसे लगभग रोज़ ही दिखता था। उसे देखकर ही चिढ़ छूटने लगती थी। वह हर दिन मनाती कि उसे देखे बिना रास्ता पार हो जाए।

उस दिन पहली बार उन्हें चीर-फाड़ सिखाई जानी थी। कुछ लावारिस लाशें इस काम के लिए अस्पताल में जमा रहतीं। पहले तो मरे हुए आदमी के शरीर की चीर-फाड़ का विचार ही उसे बेकार लगता। उसे मुड़दों से सदा ही डर लगता रहा था जबकि आजी हमेशा समझाती मरे हुए आदमी से क्या डरना? सोचो, वह बेचारा क्या कर सकता है? मुंडी तो वह ऐसे हिलाती रहती जैसे बात को अच्छी तरह से समझ गई हो। फिर भी उसे कभी मुड़दे के पास रहने को कहा जाए तो वह कभी राज़ी नहीं हो सकती। उसे पक्का विश्वास था कि वह किसी न किसी समय ज़रूर उठ बैठेगा या बोलने लगेगा या करवट बदल लेगा। ऐसा कुछ न कुछ तो होगा, ज़रूर होगा।

जबसे एक ही विचार उसे घेरे था कि कहीं वह उसकी चीर-फाड़ करनी शुरू करे और मुड़दा चीख पड़े तो? उठकर उसे झापड़ मार दे तो? गला दबा दे तो?

पागल है तू तो, आज तक कभी ऐसा नहीं हुआ तो आज ही क्यों होगा? वह अपने को समझा रही थी। उसे याद है, एक बार उसने बड़ी काकी से पूछा था – आपके मायके वाले भूता क्यों कहलाते होंगे? उनका जवाब था – 'भई सच्ची-झूठी तो भगवान जाने, हमने तो यही सुना है कि हमारे खानदान में एक कोई गुज़र गए। उन्हें श्मशान ले गए। चिता पर रखने तक तो वे उठ बैठे। बस इसी से भूता कहलाए।

अगर ऐसा कभी हुआ था तो अब भी तो हो ही सकता है? ऐसा कुछ नहीं हुआ। यह सब तो मन-गढ़ंत गप्पे हैं या हो सकता है वह आदमी मरा ही न हो?

कहीं ऐसा ज़िंदा मुड़दा ही मेरे पास आ गया तो?

वह अपनी टेबल पर पहुँची तो उसने हिम्मत करके लाश पर उड़ती सी नज़र डाली। उसकी आँखें वहीं चिपकी रह गईं लाश के चेहरे पर, जैसे उसके आँखें हटाते ही वह चेहरा बदन से अलग हो घूमने फिरने लगेगा, भीतर-बाहर सब कहीं आएगा-जाएगा और वह उसका कुछ नहीं कर पाएगी। यह वही भिखारी था। अभी तक तो बात सिर्फ लाश से निपटने की थी, अब चेहरा भी जुड़ गया था। और सबसे पहले उसी से निपटना ज़रूरी था। वह भाग कर कहीं जा नहीं सकती थी। जानती थी कि सातवें पाताल में चली गई तो भी वह उसी के साथ जाएगा। इसीलिए मैं कहती हूँ कि पसंद, नापसंद से कुछ नहीं होता।

वह तो जो भी हो, फिलहाल तो उसे अपना यों बेतरह सोना बिलकुल भी पसंद नहीं आ रहा था। इस समय तो एकमात्र मसला यही था कि इस नींद से कैसे निजात पाई जाए? साँस को आना हो, आए; न आए मेरी बला से। वह धड़धड़ाती हुई घर के भीतर घुसी। अलमारी के भीतर से दवाइयों वाला कटोरा निकाला और लगभग दौड़ते हुए जाकर, कटोरे को काकी के बाड़े में उछाल दिया। बाड़े में वह ऐसी जगह गिर सकता था, जहाँ से वह उसे दिखाई देता रहे, पर अब वह या कोई भी दूसरा

उसे वहाँ से नहीं लाएगा। होने को बाड़े और मकान के बीच, सिर्फ एक आठ-दस फिट ऊँची दीवार है। दीवार पर टूटे काँच के टुकड़ों जैसी भी कोई चीज़ नहीं लगी है। बस इतना ही कि उस बाड़े का इस्तेमाल सार्वजनिक और सामूहिक नित्य कर्म के लिए किया जाता था।

उसे रह रहकर अफसोस हो रहा था कि उसने डॉक्टर को कड़ी मेहनत के पाँच-सात सौ रुपए पिलाए, दवाइयाँ तो अलग थीं। ऊपर से अपनी पूरी खुदाई भी की और करवाई।

एक एक कर उससे तो सब कुछ छिन गया था। इसका पता भी अब चल रहा है, दवाई बंद करने के बाद, कि उसके पास क्या-क्या था कि वह सब लगभग खो चुका था; वह तो कहो ऐन मौके पर पता चल गया।

उसने नारियल के पेड़ को, घर को, अपने बदन को बारी-बारी से छूकर देखा कि क्या वे सचमुच हैं? जैसे जो दिख रहा हो, वह नहीं भी हो सकता, लेकिन जिसे छुआ जा सके उसका होना ध्रुव हो। उसने दरवाज़े से घर के भीतर झाँका। सारा घर नींद में गर्क था एक वही बाहर निकल आई थी। सीढ़ियाँ फलाँगती वह छत पर पहुँच गई।

उसने दूर-दूर तक चारों ओर फैले शहर को देखा, जैसे पहली बार देख रही हो अपने शहर को होते हुए। चारों ओर से उमड़ा चला आ रहा था शहर। वह कूद गई होते हुए शहर में होने के लिए और गुड़ुप्प् हो गई, सतह को चूर-चूर करती हुई।

चूर-चूर सतह हुई कि वह?

और ऐन होने के समय वह थी या नहीं? उसने एक बार फिर होते हुए सोचा, पर कुछ भी तय नहीं कर पाई।

□

उठी तब से आज उसे तारीख, वार या महीना याद करने की ज़रूरत नहीं पड़ी थी। कई बार ऐसा होता है कि दो, तीन, चार बल्कि कई दिनों तक लगातार यह याद करने की ज़रूरत नहीं पड़ती थी कि आज कौन सा दिन और कौन सी तारीख है। पढ़ाई कब की खत्म हो चुकी थी, वह न उपवास रखती थी, न किसी ऐसे काम से जाती थी जहाँ उसे तारीख-वार याद करना पड़े।

एक के बाद दूसरा दिन, दूसरे के बाद तीसरा, चौथा ... एक चिड़िया एक दाना लेकर उड़ी – फुर्र ... फिर दूसरी उड़ी–फुर्र ... तीसरी ... चौथी ... फुर्र ... फुर्र ... । दिन के बाद दिन। दनादन दिन। एक दिन यानी चौबीस घंटे। आज के इन चौबीस घंटों को कौन-सा दिन और कौन सा वार कहते होंगे? यह मालूम करने के लिए उसे पूरा हिसाब लगाना पड़ेगा।

आज एक छुट्टी का दिन है इतना तो तय ही है पर इतवार नहीं है, न ही कोई त्योहार है ... फिर क्या कुछ था? हड़ताल? नहीं बंद! बंद किस दिन होने वाला था? ग्यारह तारीख को! बंद का दिन पहले से तय था। यानी आज ग्यारह दिसम्बर होनी चाहिए और वार? इतवार के बाद वह कितने दिन तक दफ्तर गई थी? एक ... दो... तीन, सोम ... मंगल ... बुध ... इसका मतलब है आज ग्यारह दिसम्बर गुरुवार का दिन है।

दिन का नाम, पता, ठिकाना मालूम किया तब तक तो रात के कोई ग्यारह बज चुके थे। अगर वह ऐसा न करती तो आज का दिन बहुत दिनों बाद एक बिना नाम-पते वाला दिन होता।

जब पूरा दिन लगभग बीत ही चुका था तो आधी रात को तुमने दिन के नाम-पते की खोज क्यों की?

हाँ, क्यों की होगी मैंने यह खोज?

बुरा हो सन्ति का। बिस्तर पर लेटते ही याद आया कि जल्दी ही किसी दिन वह यहाँ होगा। वह जब यहाँ आता है तो बाहरवाले कमरे की खिड़की के सामने वाले सोफे पर ही अधिकतर समय बिताता है। खिड़की की तरफ पीठ करके सोना यानी आसमान की ओर भी पीठ करके सोना! और यह बात उसे बिलकुल भी ग़वारा नहीं थी।

उन्नीस दिसम्बर कितने दिनों बाद होगी?

बस यही पता लगाने के चक्कर में तो हो गई आज के दिन की पड़ताल। ठीक आठ दिन बाद वह यहाँ होगा। उन दिनों खाने-पीने-सोने, सारे कामों के निर्धारित समय एक दूसरे की सीमाओं में घुस-पैठ कर जाएँगे। खा रहे हैं तो खा रहे हैं, गप मार रहे हैं तो गप मार रहे हैं; और बैठे हैं तो बैठे हैं। यह याद रख पाना असंभव होगा कि कौन सा काम किस समय होना ज़रूरी है और ठीक समय पर न हुआ तो उसके ढेर सारे नतीजे़ हो सकते हैं।

सन्ति का ऑफिस तो दस बजे लगता था लेकिन घर से उसे साढ़े-आठ बजे ही निकल जाना पड़ता। नौ में दस कम की फास्ट ट्रेन छूटी नहीं कि अत्रे का पेन बड़ी मुलायमियत से उस दिन को छोटी सी लाल लकीर से काट देगा और पूरा का पूरा दिन दरक जाएगा। फिर तो गपागप क्या नहीं निगलेगा वह। हफ्ते के बीच में, किसी दिन वह रात को जशन मना ले तो सुबह कभी नहाने का वक्त नहीं बचता, कभी इतना ही बचता कि बस नहा लो, बुशर्ट घर से बाहर निकलते हुए टाँगो और बाल सीढ़ियाँ उतरते हुए बनाओ।

सुबह के समय तो उसकी आँख कहीं टिक ही नहीं सकती: न बच्चे पर, न पत्नी पर, न आसपास के पौधों पर। उस समय दुनिया से

सबकुछ बिला जाता है जैसे, बची रह जाती है सामने की दीवार पर टँगी घड़ी। वह ऐसी जगह टँगी है जहाँ से घर के किसी भी हिस्से से उसे देखा जा सके, चौके से, सोने के कमरे से, बरामदे से, वो यहाँ तक कि बाथरूम से भी। बस एक घड़ी और उसके फिसलते काँटे।

यहाँ आकर भूल जाती है उसे अपनी नौकरी, अपना दफ्तर, दिन के दरकने की बात। वह जब आएगा तब फिर आएँगे, कुछ बिना नाम-पते के दिन। लेकिन तब वह कुछ न कुछ तो करती ही रहेगी, आज के दिन की तरह बैठी ही नहीं रहेगी, दिन भर आसमान को ही नहीं देखती रहेगी। हिदायत तो ख़ुद को सुबह से यह भी दी थी कि सिर्फ हाथ-पैरों की और मुँह ही नहीं, दिमाग की भी छुट्टी होनी चाहिए। मगर इसके लिए दिमाग को लगातार पहराना ज़रूरी था। वह जितना ही अधिक पहराती थी, विचार, बातें, लोग उसके दिमाग में उतनी ही तेजी से घुसे चले आते थे। इधर से धकियाया तो उधर से घुस आए, उधर से धकियाया तो ऊपर से, नीचे से, कहीं से भी दाखिल हो जाते। कुछ देर में तो उसे लगने लग जाता जैसे वे सब उसके भीतर से ही निकले चले आ रहे हों। अगर इसे पहराओ नहीं तो कहीं न कहीं जोत दो, किसी भी काम में, चाहे आसमान को देखते रहने का ही काम क्यों न हो!

यह भी कोई काम हुआ?

जो उससे बन जाए वही उसका काम होता और जब तक बन नहीं जाता उसे यकीन नहीं होता कि वह उससे बन जाएगा। उससे अगर पूछो कि क्या तुम बच्चों को पढ़ा सकती हो कि खाना बना सकती हो कि हिसाब रख सकती हो? तो उसके मुँह से तुरंत हाँ नहीं निकलेगी। उसका जवाब कुछ ऐसा होगा कि – बन तो जाना चाहिए, हो सकता है न बने।

क्या नहीं बनेगा, हिसाब कि खाना? उम्र भर किया क्या है सिवा खाना बनाने के और वह भी न बने तो?

उसके साथ हर बार यही होता है, जबकि खाना तो रोज़ ही बनाती है। मान लो रोज़ नहीं तो भी जिस दिन कुछ खास चीजें बनाती है उस दिन तो मन में डर बना ही रहता है कि ठीक से नहीं बना तो? ऐन समय पर कुछ न कुछ गलती तो मुझसे ज़रूर हो ही जाएगी। या तो मसाला कुछ भी डल जाएगा या सब्जी ठीक से नहीं पकेगी या फिर गलकर हलवा हो जाएगी। सबसे अधिक डर तो इसी बात का रहता है कि ठीक उस मौके पर सब्जी को उतरना भूल न जाए जब वह उतनी पक चुकी हो कि उसका अपना स्वाद कायम हो और मसाले अभी उस पर हावी होने शुरू न हुए हों। और भी कुछ नहीं हुआ तो नमक ही डलने से रह जाएगा। ऐसा कुछ न कुछ तो ज़रूर होगा और खाना ठीक से नहीं बनेगा।

इसीलिए जब तक बन नहीं जाता, पहले से वह कुछ भी नहीं बता सकती कि रोज़ करने वाला काम भी आज उससे बनेगा या नहीं। यहाँ तक तो फिर भी गनीमत है। पर काम के हो जाने के बाद भी उसे यकीन नहीं आएगा कि खाना उसी ने बनाया था, कि टिन्नी को संस्कृत का श्लोक उसी ने पढ़ाया था।

अब सोच लो कि वह इसी बात से चकित और परेशान है कि इधर पिछले चार सालों से दफ्तर का सारा हिसाब वही देख रही है और अभी तक उसमें कोई बड़ी गलती नहीं हुई है सिवा इसके कि कभी लेजर में तो चढ़ा दिया पर रसीद काटना भूल गई या कभी ठीक इसका उलट उससे हो जाता।

उन दिनों उसके आस-पड़ोस में रहने वाली अधिकतर पढ़ी-लिखी औरतें कुछ न कुछ काम तो करती ही थीं। अगर पढ़ा-लिखा ही है तो उसका कुछ न कुछ उपयोग तो होना ही चाहिए और पढ़ाई-लिखाई का उपयोग यानी साफ बात है नौकरी। तब उसका नौकरी करने को बिलकुल भी मन नहीं था। इसके अलावा उसको तो दोहरी पड़ जाएगी।

घर का काम तो शुरू से उसके खाते में था ही, नौकरी कर लेने पर भी उससे छुटकारा मिलने की कोई उम्मीद नहीं थी, फिर मैं क्यों करूँ नौकरी?

इस लिए पूरे पड़ोस में उन दिनों वही एक पढ़ी-लिखी बेरोज़गार यानी कि महज़ एक घरेलू औरत थी। एक घरेलू औरत लाख कुछ भी कर ले, रहेगी तो घरेलू औरत ही। और अधिक से अधिक घर ही तो चलाएगी? जैसे घर चलाना समय बरबाद करना हो या एक फालतू का काम करना हो।

आप करती क्या हैं –? के जवाब में वह जब भी कहती कि – वही घर का काम – तो सवाल फिर से लौटकर आ जाता उसके पास – घर का काम तो ठीक ही है। लेकिन आप करती क्या हैं?

उसे पूरा यकीन है अगर वह कहती कि मैं गाना गाती हूँ कि मैं किताब पढ़ती हूँ कि घूमने जाती हूँ कि बागवानी करती हूँ तब भी उनका सवाल बरक़रार रहता – यह तो ठीक है लेकिन आप करती क्या हैं? जब तक वह ऐसा कोई जवाब न दे देती कि – मैं, सेंट जोज़ेफ स्कूल में पढ़ाती हूँ कि केनरा बैंक में क्लर्क हूँ कि पुरातत्व के दफ्तर में नौकरी करती हूँ।

वहाँ डॉक्टर, वकील, अफसर जैसी स्त्रियाँ तो उँगली पर गिनी जा सकने लायक ही थीं। अधिकतर तो मास्टरनियाँ ही थीं स्कूलों में।

दो-चार तो कॉलेज में भी थीं ही। शीला मिश्रा तो ऐवजी में प्रिन्सीपल भी कभी-कभार हो जाती थीं। चार-पाँच लगे-लगे सेट। सब में दो कमरे, एक चौका, छोटा सा सहन और एक आँगन। एक के पीछे एक छुक-छुक गाड़ी के डिब्बों की तरह कतार में खड़े कमरे। उस पूरे मकान में वही एक फालतू औरत थी अचार, बड़ी, पापड़, मसाले आदि बनाती, हर ऋतु और मौसम के हिसाब से खाना – कपड़े या चीजें जुटाती हुई।

मास्टरनियाँ आते-जाते उसे देखकर नमस्कार करती हुईं निकल जातीं। वह उनके बराबरी वालों में नहीं गिनी जा सकती थी और किसी भी किस्म का संबंध तो बराबरी वालों में ही हो सकता है!

दूसरी तरफ थीं दुबेआइन। सड़क पार, दो कमरों के एक छोटे से मकान में रहती थीं। घर के बाहर घर से सटा एक लंबा सा ओटला था। प्राइमरी स्कूल के मास्टर दुबेजी का मकान उतना ही था जितने में वे अपने परिवार के साथ रह सकें। कपड़े से सिली गई बनियान और जाँघिया घरवाले दुबेजी की पहचान थी। घर से बाहर निकलने वाले दुबेजी कमीज पैंट में और गरमियाँ हों तो कुरते-पाजामें में होते। लेकिन सर पर टोपी हर हाल में होती। उनकी दो आँखों में से देखने वाली एक ही थी।

नाटे से, वे घर के सामने ओटले पर पैर चौड़े किए, कमर पर हाथ धरे खड़े दिखते या अक्सर पीठ पीछे हाथ बाँधे टहलते पाए जाते। सुबह-सुबह घर के दरवाज़े से बाहर निकलते तो पीछे पीछे दुबेआइन भी निकलतीं। एक हाथ में बड़ा भारी पीतल का लोटा, दूसरे में किनारे वाली मैली सी धोती थोड़ी सी ऊपर उठाए, आधे मुँह को ढँकता हुआ पल्ला सिर पर। दुबेजी पीठ पीछे हाथ किए पत्नी को नीचे, कोने में रखे दूसरे पीतल के लोटे में पानी कुड़ेलते देखते रहते और संतुष्ट होते। उनकी स्त्री ठीक वैसी ही थी जैसा किसी भी स्त्री को उनके हिसाब से होना चाहिए। उनका दो टूक मत था कि एक स्त्री को सुशील, सुंदर एवं समर्पित अवश्य होना चाहिए, फिर चाहे वह कुछ और हो या न हो।

नौकरी करते, बाज़ार जाते, घर भर के लिए सौदा और कपड़े लत्ते लाते हुए वे एक जिम्मेवार पति थे और उनकी पत्नी, दोनों समय पूरे घर को गरम खाना बनाकर खिलाती हुई एक सुखी औरत। एक बार उठने से लगा कर फिर सोने तक घर के हर आदमी के खाने, नहाने, सोने के प्रबंध का जिम्मा उन्हीं का था।

दुबेजी का बहुत सारा जीवन ओटले पर ही बीतता। नहाने-धोने का काम भी वे वहीं संपन्न करते। नहाने से पहले पत्नी पटा, पानी की बाल्टी, साबुन तथा केलू रख जाती तथा खूँटी पर कपड़े टाँग देती। बच्चा दो में से एक भी अभी इतना बड़ा नहीं हुआ था कि छोटा-मोटा कोई काम वे उनसे करवा लें।

रोज़ की ही तरह उस दिन भी दुबेजी घर से बाहर निकले मगर दुबेआइन नहीं निकलीं। शुरू में तो उसने सोचा किसी वजह से अटक गई होंगी, अभी आ जाएँगी। वह दरवाज़े के भीतर की खाली जगह को देख रही थी। अभी तक उसने दुबेजी के हाथ में के लोटे को देखा ही नहीं था। उन्होंने पानी कुड़ेलकर लोटे को वहीं ओटले पर छोड़ दिया और चले गए। उसने सोचा दुबेआइन की तबीयत हो सकता है ठीक न हो। दो-चार दिन तक तो वह यही माने रही। जब कई दिनों तक यही सिलसिला चला और फिर चलता ही चला गया तो उसकी समझ में नहीं आया कि यह हुआ कैसे? यह शाश्वत क्रम टूट कैसे गया? वह कभी सोच ही नहीं सकती थी ऐसा भी कभी हो सकता है।

इस बीच वे दिखती न रही हों सो बात भी नहीं। कोई साढ़े दस बजे वह अपने घर के दरवाज़े पर खड़ी लौकी खरीद रही थी। खट् खट् खट् की आवाज़ सुनकर उसने देखा बगल में पर्स दबाए एक औरत सामने की सड़क से चली जा रही थी।

कौन होगी?

क्या दुबेआइन?

उसने गौर से देखते हुए सोचा और सोचती ही रह गई थी। दूसरे दिन भी ठीक उसी समय वह यंत्रचालित सी अपने दरवाज़े पर पहुँच गई थी। फिर तो दूसरे, तीसरे, चौथे हर आने वाले दिन वे उसे ठीक उसी तरह खट् खट् खट् – सड़क से जाती दिखीं। एक दिन भूगोलवाली

गुप्ताइन ने स्कूल से लौटते हुए उसे नमस्कार किया तो उसने उन्हीं से पूछ लिया आजकल दुबेजी की पत्नी कुछ ...

अरे आपको अभी तक पता नहीं चला? वे तो प्राइमरी स्कूल में पढ़ाने लगी हैं।

अच्छा! पढ़ाती हैं?

हाँ भई अब तो बाकायदा वे एक अध्यापिका हैं।

क्या पढ़ाती हैं? वह कितनी उत्सुक थी, इसका पता उसे भी न था। हिंदी पढ़ाती हैं, पहली कक्षा में। उन्होंने चलते-चलते ही उसे सवालों के जवाब थमाए थे।

वह उनसे हिंदी में ही बोलती थी। मगर दुबेआइन हिंदी-बुन्देली मिलाकर ही वाक्य बोल पाती थीं। बुन्देली की काठ में वे कभी कोई शब्द या क्रिया उठाकर हिंदी की जड़ देतीं। एक भी वाक्य उन्होंने कभी पूरा हिंदी में बोला हो उसे याद नहीं। अब वे हिंदी की अध्यापिका थीं। लेकिन मज़ा यह कि अगर कल को कोई आकर उससे पूछे कि तुमने इतिहास में एम.ए. किया है, क्या स्कूल में पढ़ाओगी? तो बहुत संभव है उसके मुँह से निकले – पता नहीं! कभी पढ़ाया तो है नहीं? पढ़ाने पर ही पता चल सकता है कि पढ़ा सकती हूँ या नहीं। या इसी से मिलता जुलता कोई जवाब उससे बनता। बस यही है कि जबरन उसे पढ़ाने में जोत दिया जाए तो वह उसी काम में लग जाएगी। जैसे वही एक काम हो करने को। जैसे पिछले चार सालों से रोज़-रोज़ अपने दफ्तर का पूरा हिसाब उसी तरह लगाती रही है। या जैसे, उस दिन सुबह से शाम तक बस आसमान को ही देखती रही थी बिना कुछ किए ध रे।

□

एक बार ऊपर चले जाने पर नीचे ही छूट जाती है पूरी दुनिया। जैसे हो ही नहीं।

आसमान, आसमान और आसमान!

भीतर-बाहर, ऊपर-नीचे, आगे-पीछे सब कहीं आसमान ही आसमान था। कितना नीला! जैसे कोवलम का समुद्र। नीले समुद्र के चित्र उसने देखे थे और सोच लिया था कि समुद्र रंगीन चित्र में ऐसा ही दिखता होगा। इसीलिए जब उसने कोवलम को पहली बार देखा तो उसे यकीन ही नहीं आया कि वह किसी सच्ची मुच्ची के समुद्र के सामने खड़ी है। उसे लगा जैसे वह समुद्र को सपने में देख रही हो।

तो क्या तुम सोचती हो, जो समुद्र सपने में था, वह सच्ची-मुच्ची का नहीं था? यानी वह इस पृथ्वी पर कहीं नहीं है?

ऐसा मैंने कब कहा? सपने में उसके होने को क्या होना नहीं माना जाएगा?

क्या फालतू बात करती हो? साफ बात है, सपने वाली चीज़ को सच कैसे माना जा सकता है?

उसे समुद्र की छुअन महसूस हुई। वह सपने वाले समुद्र में खड़ी रही थी, कितनी देर तक खड़ी रही, चकित सी कि सचमुच के नीले समुद्र में खड़ी है, अपने दो पैरों पर।

क्या यह सच नहीं है? उसने अपने से पूछा।

वह बस देखती रही और खड़ी रही जैसे समुद्र में खड़ी हो।

पहली बार देखा तब कोवलम उसे सचमुच का समुद्र लगा ही नहीं था। अभी जब बिन्नी ने कहा कि अब वह बात नहीं रही, कोवलम

बिलकुल बदल गया है तो उसने पूछा ही नहीं कि बदल जाने से उसका मतलब क्या था?

कोवलम के बदल जाने का एक मतलब तो यह हो सकता है कि उसके किनारे खाने पीने की चीज़ों के ढेरों ढेर खोमचे लगने लगे हैं कि छत्रियाँ तन गई हैं कि –

आसपास होटलों के बन जाने से, लोग सारे समय वहाँ बने रहते हैं –

कि किनारा पटा रहता है –

कि कभी भी खाली नहीं होता।

इस तरह का कोई बदलाव आया हो सकता है। उसने कुछ पूछा नहीं बदलाव के बारे में। उसे डर था कहीं वह यह न कह दे कि, कोवलम का पानी अब उतना नीला नहीं रहा।

उसने अपने साथ तय किया कि एक बार वह कोवलम ज़रूर जाएगी यह देखने कि समुद्र का पानी अभी भी उतना ही नीला है! कहीं वह सफेद या मटमैला तो नहीं हो गया?

अगर वह वहाँ पहुँचे और पाए कि अब वह मटमैला है, ठीक बम्बई के समुद्र जैसा, तो?

बदलाव का यह मतलब कैसे आया तुम्हारी खोपड़ी में? उसने अपने को झिड़का।

पाँच-सात साल पहले तक कुछ बातें तो उसकी खोपड़ी में आनी ही असंभव थीं। पहले सूरज, चाँद, तारों या बादल-बिजली को देखने के लिए वह ऊपर की ओर देखती थी, तब आसमान उसे अचानक ही दिख जाता था। खुद चलाकर और सिर्फ आसमान को तो वह उन दिनों कम ही देखती थी।

एक बार वह दिख जाता कि फिर देखती ही रह जाती। देखते देखते, भीतर कितनी सारी जगह घिर आती थी। समुद्र किनारे खड़े होने पर

क्षितिज सामने दिखता था और आसमान ऊपर। उसने कभी सोचा ही नहीं था इससे पहले –

कि जब वह पहुँच जाएगी आसमान में, तो वहाँ आसमान होगा ही नहीं

कि क्षितिज नीचे धँसा हुआ होगा,

कि सूरज को वह आसमान में ढूँढ ही नहीं पाएगी,

सूरज एक रेले की तरह या एक चमकीली लकीर की तरह जमीन पर इतने धीरे-धीरे खिसक रहा था जैसे बहना भूलकर वहीं ठहर गया हो।

कब से वही का वही दृश्य है। जमीन पर सूरज का रेला, नीचे सफेद बादलों का ढेर जैसे बर्फ के गाले हों। बीच में काले बादल की एक खंदक, कुछ काली और सफेद चमकीली चट्टानें, जैसे विमान उड़ न रहा हो, रुक गया हो हवा में।

उसने बगल में बैठी बिन्नी को बताया कि देखो यह विमान कितनी देर से यहीं का यहीं खड़ा है।

वह ज़ोर ज़ोर से हँसने लगी।

हँस क्या रही हो, खिड़की से तुम खुद ही देख लो। तभी घोषणा हुई – अब से कुछ ही देर बाद हम कलकत्ता में उतरेंगे –

विमान तो कब से वहीं का वहीं टँगा पड़ा था हवा में! ये कलकत्ता कैसे पहुँच गया? बम्बई जाते समय कल्याण स्टेशन तक गाड़ी पहुँच जाने के बाद भी दादर आने में जितनी देर लगती है, कलकत्ता पहुँचने में उतनी देर भी नहीं लगी। सारे समय उसे लगता रहा कि वह एक कीड़े में बंद थी। आसमान तो अब जैसे आसमान रहा ही नहीं। जमीन भी नीचे और आसमान भी नीचे।

ऊपर क्या था?

खाली !

जमीन पर उतरने के बाद उसने सबसे पहले आसमान को ही खोजा था कि वह कहीं है अपनी जगह और उतना ही है जितना शुरू से था?

उसे पूरी साँस आई थी।

उड़ते समय तो अधबीच ही लगता जैसे आसमान कहीं है ही नहीं।

परी के पंखों पर, चील या चिड़िया के पंखों पर बैठकर उड़ती थी तब तो खिड़की से या छत से जितना दिखता था उससे कितना गुना निकल आता था आसमान।

वह उड़ती जाती थी ऊपर और ऊपर (आगे आगे) और आसमान फैलता जाता। तब वह इस तरह कभी खोता नहीं था।

उसके मन में यह आशंका कभी उठी ही नहीं कि जो आसमान शुरू दिन से था, रात-दिन था, भीतर-बाहर सब कहीं था जो आज भी है वह कभी नहीं भी हो सकता।

आज से सात साल पहले कोई आकर कहता –

कोई क्या, मान लो सन्ति ही आकर कहता कि – अस्तु फर्ज़ करो, एक दिन तुम सोकर उठो और देखो कि बाहर आसमान नहीं है, ऊपर-नीचे, आजू-बाजू कहीं नहीं है, तो?

हुँह! ऐसा हो ही नहीं सकता! उसका दो टूक जवाब होता।

न हो तो न हो। तब तो डर की कोई बात ही नहीं है, तुम फर्ज़ तो करो।

जबकि घुसने को तो उसे पता है कि आसमान पत्थर में या लोहे में घुस कर भी अपने लिए तो जगह बना ही लेता है। जहाँ मर्ज़ी घुस जाए – निकल आए।

आसमान ने ही तो दिया था उसे परकाया प्रवेश का वह मंत्र।

अपने शरीर से चुपचाप निकलकर पेड़ में चली जाती थी, कभी घुस जाती थी किसी छिपकली में, साँप में, घोड़े में, चील में, आदमी में, औरत में। बिना रोक-टोक भटकती फिरती थी।

कोई उसे देख नहीं पाता। अदृश्य वह सब को, सब कुछ को देख सकती थी, आँखें बंद हों, खुली हों कोई फर्क नहीं पड़ता।

आसमान की तो बस एक ही शर्त थी कि – सबसे पहले तो तुझे आसमान होना पड़ेगा, फिर तुझे कुछ और होना हो, होओ, मत होना हो मत होओ। यही तो चाहिए था उसे!

सबसे पहले तो उसे आसमान होना था।

नहीं, नहीं यह फर्ज़ भी नहीं करूँगी कि सोकर उठूँ और बाहर आसमान न हो।

अरे बुद्धू! फर्ज़ करने से ही, आसमान नहीं थोड़ी नहीं हो जाएगा।

उसे कुछ दिन पहले देखा हुआ सपना याद आया – एक दिन एक ठिंगना सा आदमी उनके मोहल्ले में आया –

देखो बच्चों देखो जादू का खेल, मिटा देता हूँ डस्टर से, सारे के सारे पेड़। हाँ हाँ मिटा, एक डगाल तो मिटा। हाँकू कहीं का!

ऊपर से नीचे को मिटाऊँ कि नीचे से ऊपर को?

तेरे से जैसे बने, मिटा। मिटा तो!

एक, दो, तीन उसने तीन बार डस्टर घुमाया तो आधा आम साफ। अपने घर के सामने वाले आम को उसने सबसे पहले पुँछते देखा था।

वह दौड़कर पिछवाड़े पहुँची तब तक पीछेवाला पीपल भी आधो से अधिक पुँछ चुका था।

सड़क पारवाला वह जंगी शिरीष कहाँ गया? उसकी जगह अब घना अँधेरा था। वह दौड़कर बाहर निकली।

गली के चौराहे वाले आकाशनीम और अशोक कहाँ गए?

बालकनी पर झुके नारियल का क्या हुआ? 'बड़े आए जादूवाले' कहती वह पलटकर उस पेड़ पोंछने वाले ठिंगने आदमी के पीछे भागने लगी। वह जितनी तेजी से भागती थी, उतनी ही तेजी से पेड़ पुँछते थे।

वह झटके से रुकी, पलट कर देखा अपने बिना पेड़ों वाले मुहल्ले को। एकदम रुंडमुंड।

मकान ही मकान!

आँबलीवाली ओरी, नीमवाला चबूतरा, पीपलवाली हवेली, बरगदवाली बावड़ी सबकी पहचान खो गई। वह धप्प से मुहल्ले के बाहर ही बैठ गई।

अरे चल तो! पेड़ कहीं जा नहीं सकते अभी फिर आ जाएँगे वे।

फर्ज़ करो चले जाएँ तो?

उसने अपने कानों में उँगलियाँ ठूँस दीं। जैसे ऐसी बात सुनना भी पाप हो। कभी-कभी सोने में भी डर लगता उसे। कहीं सोकर उठूँ और बाहर पेड़ न हों तो या सोते में आज पता नहीं, क्या सपना आ जाए! अन्तहीन सपने में पुँछते अंतहीन पेड़।

उसे आरी से काटकर टुकड़े-टुकड़े किया जा रहा था। वह फिर जुड़ती थी फिर कटती थी। फूल तोड़ने पर ऐसा ही पाप लगता है। मंदिर की दीवारों पर पाप की सज़ाओं के चित्र देखकर उसने इसी तरह से आँखें कसकर बंद कर ली थीं। फिर भी दिख रहा था उसे सब कुछ! गर्म सलाखों से उसकी आँखें निकाली जा रही थीं।

लाल घुम्म खंभा था सामने। कपड़े खोलकर खड़ा कर दिया जाता था उसे खम्भे के पास – जाओ भरो इसे बाथ में – कह कर धकेल दिया जाता था खम्भे की ओर –

उसे कोई नहीं बचा सकता। कहीं भी चली जाए अब बच नहीं सकती वह!

□

पाप तो हरदम उससे कोई न कोई होता ही था।

वह साँस लेती थी, खाना खाती थी, पानी पीती थी और हवा में, पानी में, वनस्पति में, सब में तो जीव थे। इनमें से कुछ भी करने पर कुछ न कुछ हिंसा तो होगी ही।

उससे रोज़-रोज़ पाप होगा और रोज़-रोज़ मिलेगी, एक न एक सज़ा। इसका मतलब है – मैं साँस न लूँ, पानी न पीऊँ, खाना न खाऊँ! या फिर इन में से हर एक काम को करते हुए हिसाब रखूँ कि साँस लेने पर कितनी हिंसा हुई

कि पानी पीने से कितनी हुई?

कि बोलने से कितनी?

कि चलने से कितनी?

अपने से नहीं होगा यह। वह घबड़ा गई थी।

भोंदू कहीं की! कौन कह रहा है तुझ से हिसाब रखने को? जित्ते के बिना गुज़ारा न हो उत्ती हिंसा करो। जानो देखो सभी कुछ पर रमो किसी भी चीज़ में मत।

लेकिन एक वह है कि खाते समय या पीते समय मजाल कि कभी हिंसा की याद आ जाए। आम खा रही हो तो आम में मशगूल और पानी पी रही हो तो पानी में। जैसे आम ही आम हो इस दुनिया में या पानी ही पानी।

घर में हुए काम के बटवारे में मान लो बरतन धोने का काम उसके हिस्से आ गया। अब वह लाख सावधानी बरते, कभी न कभी तो ऐसा होगा, कि हाथ से फिसलकर या पैर की ठोकर से कोई प्याला, गिलास

या तश्तरी फूट जाए। वह जितना ही ध्यान रखती उतनी ही अधिक चीज़ें उसके हाथ से छूटतीं, फिसलतीं और टूटतीं।

इस तरह की घटना के बाद आम तौर पर तो डाँट या मार पड़ जाती। कभी-कभी ऐसा भी होता कि दो दिन तक घर में उससे कोई बातचीत न करता या दो दिन तक उसे किसी भी काम को हाथ ही नहीं लगाने दिया जाता।

उन दो या उससे अधिक दिनों के दौरान वह सज़ा पाए आदमी की तरह दीवार से सटी ठीक बीचोबीच खड़ी रहती।

बीच-बीच में कोई काम नज़र आ जाने पर, तपाक से उस ओर लपक लेती, भले ही बटवारे के हिसाब से वह उसका काम न हो।

मगर उस एक विशेष दिन, किसी भी काम को उसके हाथ तक पहुँचने ही नहीं दिया जाता।

वह मुँह लटकाए वापस अपने खूँटे पर पहुँच जाती और पीठ पीछे हाथ टिका कर खड़ी हो जाती।

एक तो जब तक वह बता न दे कि प्याला उससे टूटा है कि जूते उससे खोए हैं कि खाना बनाते समय दाल का बरतन उससे गिरा है –

दूसरे, अपनी ग़लती के लिए जब तक कोई न कोई सज़ा न मिल जाती उसका छुटकारा न होता।

खाना खाते, पढ़ते, सोते, सब समय उसे याद आता रहता कि आज मुझसे कप टूट गया है कि मुझसे जूते खो गए हैं।

फौरन से डाँट या मार पड़ जाती तो उसे वह आसान छुटकारा लगता। पूरे दो दिनों के लिए अपने हिस्से के काम से या बोलचाल से वंचित किया जाना उसे ज़्यादा कड़ी और मुश्किल सज़ा मालूम देती।

अपने अपराध के लिए जब कभी उसे कोई सज़ा नहीं मिलती तब उसे सबसे अधिक कठिनाई का सामना करना पड़ता।

एक बार सज़ा मिल जाने के बाद फिर सब सही हो जाता; चीज़ों में फिर से स्वाद पैदा हो जाता, उसका मन फिर से चील के साथ उड़ जाने को ललचाने लगता जैसे वह शाप मुक्त हुई हो।

अच्छी बात यही थी कि आमतौर पर तो उसे आसान छुटकारा ही मिल जाता। इस हाथ ग़लती हुई और उस हाथ दो-चार झापड़ या थोड़ी तेज़ डाँट-फटकार और बस छुट्टी।

दो दिन या उससे अधिक दिनों के लिए बहिष्कार के मौके कम आते।

अपराध संगीन होने की स्थिति में ही वैसा किया जाता।

यों यह बुरा सौदा नहीं था।

आजी कहती थी हिरन को बचाने के लिए भी अगर झूठ बोलोगी, कि मैंने हिरन को बाईं तरफ जाते नहीं देखा तो भी पाप तो लगेगा ही।

वाह ऐसा कैसे? इससे हिरन की जान नहीं बचेगी क्या?

जान तो बचेगी, पर झूठ तो झूठ ही न रहेगा।

आँहाँ! हम नहीं मानते। जान बचा लेने पर झूठ बोलने का पाप तो फिट्टूस हो ही जाएगा।

दूसरा भी एक चक्कर था। अगर उससे कुछ हो जाए, – मान लो प्याला टूट जाए – तो इसे माँ को न बताना जैसे छिपाना हो और छिपाना यानी झूठ बोलना। आखिर तक कितना भी पढ़ाया हो कि देख सच मत बताना या फिर कुछ बोलना ही मत।

उसे कुछ भी पता न चलता, ऐन मौके पर सच उसके भीतर कुलबुलाने लगता। जब तक वह उसे कह न देती चैन न पड़ता। आजी कई बार समझाती कि हर किसी को सब कुछ बताना ज़रूरी नहीं है। कुछ बातों को न बताना उन्हें छिपाना या झूठ बोलना नहीं है।

लेकिन – आणुं-ताणुं कंईं नी जाणुं, सेठ वचन परमाणुं जी – वह तो सच को पकड़कर जैसे लटक गई थी।

और सच?

सच तो यही है कि नीचे मगरमच्छों से भरा कुंड है, सबके सब मुँह फाड़े तैयार बैठे हैं कि कब वह टपके और कब वे उसे ओइया कर जाएँ।

उसे बस इतनी सी बात भूल जानी है

कि नीचे कोई कुंड है;

कि वह पेड़ की डगाल पकड़े लटक रही है;

कि डगाल को सफेद और काला चूहा कुतर रहा है;

कि ऊपर लटकते छत्ते से शहद की एक बूँद टपकने टपकने को है, फिर वह भी नहीं –

खाली जगह, बूँद भर आसमान।

□

असमान की कैसी प्यास है उसे?
उसे न हो तो किसे हो?

सारे वक्त होता है, दिन-रात होता है आसमान, उसके चारों ओर होता है। कभी भी आँख उठाओ और देख लो।

तिस पर भी कभी कभार ही नसीब होता है उसे वह। जबकि उसका तो कहीं कोई अंत ही नहीं था।

किस चीज़ का अंत है?

मेरा?

ज़िंदगी का?

हाँ, कहते कहते बीच में ही गड़बड़ा जाती वह। नहीं अंत नहीं है। सब कुछ है मेरी ही तरह बेशर्म जीजिविषा का शिकार, सब समय, सब कहीं।

कैसा भी घर हो, कैसे भी लोग, कैसा भी खाना मरती नहीं, बची रहती हूँ हर हाल में।

मौत! आह! प्यारी मौत!

जो मरती नहीं वही अमरबेल कहलाती है। कहीं भी पनप ली। पानी, हवा, रोशनी जितने भी मिलें न मिलें।

लेकिन मेरा तो अपना शहर है, अपना घर, अपने लोग, अपनी भाषा, अपना खाना, अपने पेड़, पौधे, नदी। मैं तो वहीं पनप सकता हूँ वह कहता।

बेचारे तुम! वह हँसने लगती, ऐसे तो मारे जाओगे। जहाँ रहो वह तुम्हारा शहर क्यों नहीं? जिसमें रहो वह तुम्हारा घर क्यों नहीं?

वे पेड़-पौधे-हवा-पानी-आसमान, जो तुम्हारे चारों ओर हैं तुम्हारे क्यों नहीं? आसमान-आसमान है, पानी-पानी, हवा-हवा और लोग-लोग। यही क्या कम है कि वे हैं?

दरअसल जहाँ कहीं ये सब होंगे, मैं सुखी रहूँगी, इतना उसने अपने लिए तय पाया –

और इसीलिए सन्ति के कहने पर भी कभी फर्ज़ नहीं किया, कि सोकर उठे और पाए एक दिन कि – पहले वाली बात होती तो वह बेखटके कह देती ऐसा हो ही नहीं सकता! कहना तो वह आज भी यही चाहती है। मगर मुँह से बोल नहीं फूटता। न यह, कि नहीं ऐसा नहीं हो सकता। न यह कि कुछ भी हो सकता है।

वह आसमान या पेड़ के बारे में दावे के साथ कुछ नहीं कह सकती। किसी दूसरी से भले ही कुछ न पूछे अपने से अब भी पूछती है – पेड़ में पत्ते न आएँ ऐसा क्या हो सकता है?

स्कूल में विज्ञान पढ़ते-पढ़ते पहली बार बिल्कुल ही नई बात पता चली कि एक छोटा सा बीज बोओ तो उसमें से बड़ा भारी पेड़ निकल आएगा। पेड़ फूलेगा, फलेगा। फिर बीज निकलेंगे और बीज में से फिर पेड़। बड़ा चक्कर था। खट से खड़े होकर उसने पूछ डाला था एक सवाल –

सर, पहले पेड़ कि पहले बीज?

मास्टर सा'ब ने चौंक कर उसे देखा। भई ऐसा है कि सृष्टि की शुरूआत में न पेड़ पौधे थे न जीव-जंतु। कई सालों बाद पानी में जीव पैदा हुए। फिर हवा में मिट्टी में ...

जी सर, लेकिन पहले पेड़ कि पहले बीज?

पेड़ ही हुआ होगा पहले!

बिना बीज के मगर पेड़ कैसे उग सकता है?

अगर वे कहते कि पहले बीज, तो भी वह कहती गलत। बिना पेड़ के फल कहाँ से आता? और फल न होता तो बीज कहाँ से आता?

मास्टरजी से भी सही जवाब नहीं बना था। एक मात्र आजी ही, तब तक की उसकी जान-पहचान के लोगों में सबसे ज्ञानी व्यक्ति थीं। वे सत्य, मोक्ष, आत्मा आदि के बारे में पढ़ा करती थीं।

आज तो मज़ा आ गया। देखना है, उनसे भी जवाब बनता है या नहीं? सवाल को रास्ते भर गेंद की तरह उछालती हुई वह स्कूल से सीधे घर लौट आई। आज हो सकता है आजी हार जाएँ। रोज़ हमीं को उनकी पहेली बुझानी पड़ती है। आज आ गई बेटा पकड़ में।

उसने घर में दाखिल होते ही बस्ता तखत पर उछाल दिया – आजी, ओ आजी। कहाँ हो भई? माँ, आजी कहाँ हैं?

आ ... जी ... ! ... कहाँ ... हो ... ?

पाताल में! पूरा घर आसमान पर उठा दिया तेने तो। ये रही आजी, बोल क्या करना है आजी का?

देखो आजी, पहले से कहे देते हैं, आज तुम्हारी बारी है।

हाँ, हाँ, पर काहे की बारी है?

पहेली बुझाने की!

धत्तेरे की! इत्ती सी बात? देखो जी, पेले तो हम खाना खाएँगे।

आपको पता नहीं है क्या कि दिन डूबने वाला है?

वह तो रोज़ ही डूबता है, इसमें पता क्या करना है?

पता है तो फिर आप सबर रखो।

यहाँ तो जान फँसी है और इनको अपने खाने की पड़ी है। चलिए जल्दी से खाना खाकर आइए।

वह तो ऐसे बिलबिला रही थी जैसे आसमान के टूट पड़ने पर ससली (मादा खरगोश) बिलबिलाई थी – 'दोड़ो रै दोड़ो आकाश तूटी पडयुं' – पूरा का पूरा आसमान टूट पड़ा और किसी को भी पता न चला। चला तो एक ससली को और वह पगला गई। आसमान टूट पड़े या कुछ भी हो, आजी को तो दिन डूबने से पहले खाना खाना ही है। इसलिए उनके खाना खाने तक तो कुछ होना नहीं है।

कितनी देर लगा रही हो आजी?

रुक जा यार, पानी थोड़े ही बरस रहा है!

रोज़ तो वही आजी से लड़ती थी। तुम तो खाना खाती ही कब हो। गपागप निगलती हो, पाँच मिनट में तो निपटा देती हो खाने के काम को और बनाती हो पूरे तीन घंटे लगाकर।

तो क्या बनाएँ भी तीन घंटे तक और खाएँ भी तीन घंटे तक?

खुद तो शुरू से इतनी धीरे खाती है कि घर में सभी एकमत हैं – यह खाना क्या खाती है चक्की पीसती है चक्की। आज लगता है आजी की बारी है, चक्की पीसने की। जब से खाए चली जा रही हैं तो खाए ही चली जा रही हैं और वह पहेली लिए घूम रही है तो घूम रही है।

चलिए सा'ब, हाज़िर हैं। आजी नमूँ हुईं, अपने पिटारे के साथ।

हाँ तो आपने आज तक जो कुछ भी पढ़ा सुना है वह सब याद है?

न हो तो एक बार अच्छे से याद कर लीजिए।

कर लिया।

पूछूँ?

हाँ हाँ पूछ। डरते थोड़े ही हैं?

अच्छा तो आजी साब, आप यह बताइए कि पहले पेड़ या पहले बीज?

धत्तेरे की, इत्ती सी बात!

हाँ, इत्ती सी बात, आप बताइए तो सही।

अरे भई इसमें पेले – पीछे की बात ही क्या है?

वाह! यह भी कोई जवाब हुआ? नहीं बनता तो ऐसा कहो न।

न बनने वाली तो कोई बातई नई है भाई साब, सब कुछ हमेशा से था और हमेशा रहेगा।

ऐसा कैसे हो सकता है? मास्टर साब तो कह ही रहे थे और किताब में भी लिखा है कि सृष्टि की शुरूआत में जीव थे ही नहीं। कई कई सालों बाद पानी में जीव पैदा हुए फिर हवा में, फिर मिट्टी में।

अब भई मास्टर की मास्टर जाने, अपन तो एकई बात जानते हैं और वही बता सकते हैं कि सब कुछ आदिकाल से था और अनादि काल तक रहेगा।

उसके सामने बड़ा भारी संकट था – आजी की बात माने कि मास्टर सा'ब की? सच क्या है?

धीरे धीरे हुआ सब कुछ, बारी बारी से? या सब कुछ था शुरू से और रहेगा हमेशा? बोलो भई। जल्दी बताओ।

– बाबा ऐसी कठिन पहेली, नहीं बूझ सकते हम!

मास्टर जी का जवाब सही हो या ग़लत, उसे कुछ खास पसंद नहीं आया था। आजी का जवाब भी हो सकता है, ग़लत ही हो। पर है मज़ेदार – दुनिया में सब कुछ हमेशा से था और हमेशा रहेगा।

– लेकिन परिणमन तो चलता ही रहेगा हों – उन्होंने आगाह किया था, कुछ भी कहीं आएगा-जाएगा नहीं।

यह एक बिलकुल नई और अद्‌भुत बात थी। किसी को भी शायद ही पता हो। कुछ भी कहो अपनी आजी ज्ञानी तो हैं ई।

उसे जवाब इस कदर पसंद आ गया था कि वह उसके ग़लत होने की बात सिरे से भूल गई और तब से अभी तक भूली ही रही जब तुमने पूछा कि – फर्ज़ करो किसी दिन पेड़ न हों तो?

अगर आजी की बात को सच मानें तब तो बिलकुल भी नहीं हो सकता ऐसा।

तो क्या वह आजी की बात को सच मानने लगी थी? और उसे इसका पता भी नहीं था?

भीतर एक धुकधुकी सी बनी रहती, पता नहीं कब क्या हो जाए? ऐसा न होता तो उसे सूझता ही नहीं कि कोवलम के बदल जाने का मतलब उसका पानी अब नीला नहीं रहा – यह भी हो सकता है।

वह समुद्र को देख रही थी कि आसमान को?

समुद्र सच्ची-मुच्ची का था या सपने का?

जगन्नाथपुरी का समुद्र भी उसे उतना ही अविश्वसनीय लगा था, अपने गहरे हरे रंग के कारण।

कितना हरा है पानी! जैसे उसके तल में घनघोर जंगल हो। अपने किनारे पर भी उतना ही हरा है। जैसे किनारे पर भी उतना ही गहरा हो।

वहाँ ऊपर कैसे पहुँचा समुद्र?

मैं तो लेटी हुई हूँ सीधी। उसने अपनी स्थिति को याद किया।

ऊपर अब फिर आसमान था।

अभी कुछ देर पहले ही कुछ शिकायत से देखा था आसमान को।

इस बीच क्या कायापलट की उसने! चालाकी से समुद्र हो गया।

□

उसने घबड़ा कर लौटा दी चाकरी, कि रखो अपने दिमाग को: मैं नहीं पहरा सकती इसे। जब देखो नदारद।

बिलकुल सामने ही दो फीट की दूरी पर बैठी आटा गूँथ रही हो और कुछ कहो तो कहते रहो। मजाल कि एक शब्द भी चला जाए इसके कान में।

सुनाई नहीं देता क्या? हर बार माँ को झल्लाकर पूछना पड़ता।

तुमने मुझसे कुछ कहा माँ?

लो और सुनो इसकी बात!

तुझसे नहीं तो क्या तेरे भूत से कहा? है कौन इस कमरे में तेरे सिवा?

उसने नज़र घुमाकर कमरे को टटोला वह और माँ अकेले ही थे।

माँ स्वगत की तरह बड़बड़ातीं – न जाने क्या होगा इस लड़की का ... !

घर में जब भी रहती अपने जाने तो उन्हीं के इर्दगिर्द या सामने रहती। उसके हाथ आटा गूँथने, झाड़ू लगाने, पानी छानने, अँगीठी जलाने या चटनी पीसने जैसा कोई न कोई काम करते रहते।

बीच में आजी या माँ की तरफ से किसी चीज़ की माँग होती तो वह लाकर हाज़िर करती जाती।

सुबह का खाना लगभग माँ बनाती। शाम का आधा आजी, आधा माँ। कामों के कर्ता और समय तय थे। सब्जियाँ माँ बनातीं, चपातियाँ आजी। रोज़ धुले कपड़े विश्वा तहाता। वह आठ दिन में एक बार आटा

भी पिसाता। बिन्नी रोज़ बाथरूम साफ करती और तीनों कमरों का झाड़ू पोंछा भी करती।

खेलने वह बहुत कम जाती थी। घूमने भी अलग से शायद ही कभी जाती हो। उसका घूमना हमेशा उसके स्कूल जाने में, कॉलेज जाने में या दफ्तर जाने में शामिल रहा। जैसे घर से बाहर वह घूमने-फिरने या मज़े के लिए ही जाती हो। इसलिए एक बार घर लौटने के बाद ऐसे किसी काम के लिए फिर घर से बाहर निकलना समय की बरबादी ही मानी जाती।

अधिक से अधिक यह हो सकता था कि देर रात गए या खूब सबेरे सबके उठने से पहले, चाहे तो, बैठी बैठी आसमान को या समुद्र को देखती रहे।

उसका काम इतने से चल जाता था।

झाड़ू लगाते-लगाते उड़ती हुई चील पर नज़र पड़ जाए तो कहो उसी के साथ हो ले और आटा गूँथते समय हो सकता है बैठी हो किसी पेड़ पर।

जब जी चाहे भटकने निकल पड़ो, किसी को भी कुछ पता न चले।

पानी छानते समय हो सकता है सन्ति के साथ भटकने निकल पड़ी हो बावड़ी वाली सड़क पर। शिरीष के कितने पेड़ हैं वहाँ? उनकी घटा कितनी शानदार होती है! और आम की? जामुन की? नीम की? सबकी अपनी अपनी घटा।

शिरीष में बारहों महीने कितने सारे फूल रहते हैं! पर कित्ते चुप्पे, कि बहुतों को तो पता भी नहीं चल पाता कि पेड़ में फूल भी हैं। गरमी के दिन हों तो जेकरांडा, गुलमुहर, केशिया, अमलताश सब मिलकर कैसी धूम मचाते हैं? कितना फूलते हैं और फिर साल भर गूँगे, अपने हरे मौन में गर्क।

पीपल की तो कुछ पूछो ही मत। हवा बिलकुल भी न चल रही हो तब भी पत्ते हिलते रहते हैं। जैसे अपने आप डोल रहे हों। एक एक पत्ता अलग से डोलता हुआ।

नारियल का तो एक इकलौता पत्ता भी आम या जामुन की एक बड़ी भारी डगाल जितना बड़ा और पीपल का इतना फुद्दू सा।

बड़ी बड़ी और मोटी डगालों पर लटकते चुन्नू-मुन्नू से वे अपने आप में मगन जैसे सिद्धलोक में मुक्त आत्माएँ। गैस भरे गुब्बारे की तरह छत से लटकने वाली नहीं, पीपल के पत्तों की तरह डोलने वाली।

तो क्या मुक्त आत्माएँ पीपल के पत्तों की तरह शोर मचा सकती हैं? हाँ क्यों नहीं! वर्ना वे मुक्त काहे की हुईं। वे तो जो चाहें सो करें। तो क्या वे जब चाहें किसी भी चीज़ में घुस जा सकती हैं?

कहा न वे सब कुछ कर सकती हैं।

अगर ऐसी किसी मुक्ति की संभावना हो तब तो मोक्ष के बारे में पुनर्विचार किया जा सकता है।

कितनी मजे़दार बात है एक जन्म चील का, एक चींटी का, एक पेड़ का और पेड़ों में भी कितने पेड़ हुआ जा सकता है! आम, बबूल, गूलर, कदंब ... गिनो तो गिनते ही रह जाओ। एक आदमी का, एक औरत का। क्या कुछ नहीं हुआ जा सकता?

एक वह है। उसे तो आसमान भी होना है – और चिड़िया भी, पानी भी होना है और मछली भी।

यह लड़की तो शुरू से पगलीज हे! अब इसमें होना क्या?

अरे वाह! होना क्यों नहीं?

मालूम है तेरे को, कि होने के कितने दुःख हैं?

होने के दुःख हैं, तो क्या सुख हैं ही नहीं?

जैसे कुछ भी होना दुःखों का ही सिलसिला हो। उनका तो एक ही कक्का है कि आदमी की पर्याय महामूली है। चौरासी लाख में सबसे

कीमती। केवल मनुष्य ही ऐसा प्राणी है जो तप करके मोक्ष पा सकता है इसलिए उसे अपनी इस पर्याय को व्यर्थ नहीं गँवाना चाहिए।

यानी?

यानी खाने-पीने-सोने में ही नहीं गँवा देना चाहिए। असली चीज़ है मोक्ष।

शुरू में तो उसे लगता था जेसे मोक्ष सभी के लिए अनिवार्य होता होगा। लेकिन ऐसा कोई नियम नहीं निकला, वर्ना वह क्या करती?

दरअसल मोक्ष के साथ दो-दो बड़ी भारी मुसीबतें थीं। एक तो यह, कि अगर कल को वह, उसके पिता, उसके भाई, सब मिलकर एक साथ एक ही दिन से तप करना शुरू करें और सबके सब एक बराबर तप करें तो उसके फलस्वरूप वह अधिक से अधिक एक पुरुष ही हो सकती है। जबकि उसके पिता, भाई, ननकू सुनार या मन्ने धोबी तक को उतने तप के बाद, सीधे मोक्ष मिल सकता है। वह उनसे कितना भी अधिक तप करे तो भी वह पुरुष से अधिक कुछ नहीं हो सकती। पुरुष बनने के बाद फिर उतना ही तप करना पड़ेगा तभी मिल सकता है मोक्ष।

लेकिन मैं औरत रहूँगी ही नहीं, तो फिर वह मेरा मोक्ष कैसे होगा? हर बार वह एक मर्द का ही मोक्ष न होगा?

ए पण सीधी बात हे के स्त्री पर्याय से मोक्ष जा ही नहीं सकते।

आजी ने यह बात ऐसे कही थी जैसे उन्हें गर्व हो कि मोक्ष मर्द होकर ही जाया जा सकता है और इस बात की खुशी भी कि वे मर्द होंगी एक न एक दिन, मोक्ष जाने से पहले।

तो पहले यह बताओ, कि क्यों नहीं जा सकती औरत मोक्ष?

इसका तो रोज़ का वही का वही थंथ है। कितनी बार बोल दिया कि नहीं जा सकती तो नहीं जा सकती, बस।

पर क्यों नहीं जा सकती?

अब नहीं ज मानती तो सुन। इसलिए कि औरत अंतिम कपड़ा नहीं फेंक सकती।

बस? इत्ती सी बात?

एक कपड़े के फिंकने न फिंकने पर ही टिका है तुम्हारा मोक्ष तो फिर ऐसे मोक्ष से क्या फायदा?

हर तरह से सोचने पर उसने पाया कि मोक्ष का कोई विशेष फायदा नहीं था, बल्कि उसका सबसे बड़ा नुकसान तो यही था कि एक बार मुक्त हो जाने के बाद कुछ और तो हुआ ही नहीं जा सकता।

इससे तो अस्तु का अस्तु रहना ही क्या बुरा है?

उसने अखबारों में और पत्र-पत्रिकाओं में छपने वाली पूर्वजन्म की कथाएँ सुनी और पढ़ी थीं। लगभग सभी में अजीब बात यह थी कि एक औरत चुन्नीबाई – जावरा के किसी घर में मरती है और कुछ समय बाद निकट के ही किसी गाँव में फिर से लड़की होकर पैदा हो जाती है। टिमरनी का उमेद सिंह, हरदा के किसी घर में, लड़का होकर।

क्या आदमी हर बार मर कर आदमी और औरत हर बार मर कर (फिर) औरत ही होती रहती होगी?

यह बात उसे बड़ी निराशाजनक लगी।

क्या औरत दूसरे जन्म में अपने किन्हीं कर्मों के फलस्वरूप फुलचुक्की, टिटहरी, हाथी या करेला नहीं हो सकती?

उसे पूरा यकीन था कि ऐसा ज़रूर हो सकता होगा। कम से कम यह तसल्ली तो हो ही सकती है कि चाहूँ तो मैं घोड़ा बन सकती हूँ।

घोड़ा या फुलचुक्की बनने के लिए मुझे क्या करना होगा?

मर्द बनने के लिए तो तप करना पड़ता है।

जो भी कुछ करना पड़ता हो, उसकी तो एक ही शर्त थी कि वह करने के बाद मैं अस्तु से सीधे घोड़ा या फुलचुक्की बन जाऊँ।

सन्ति कहता है, तू एक आज़ाद पक्षी है, तुझे कोई कैद नहीं कर सकता। आसमान करे तो करे। मगर आसमान ने कभी किसी को कैद किया सुना है? वह हँसने लगती थी हर बार।

तब तक आज़ादी या कैद जैसी चीज़ों के बारे में उसने कुछ सोचा ही नहीं था। आसमान में उड़ती चील या पतंग को देखकर उसने यह तो कई बार पूछा – अगर मैं उड़ूँगी तो कितनी दूर तक जा पाऊँगी? आसमान कितना होगा? पर उसे यह ख़याल तो एक बार भी नहीं आया कि उड़ते-उड़ते वह थक भी सकती है। उस समय शायद उसने ऐसा कुछ भी सोचा नहीं था।

आटा गूँथते समय पेड़ पर जा बैठे, सन्ति के साथ भटकने निकल पड़े, कुछ भी करे, किसी को भी पता नहीं चल पाता था कि अभी-अभी वह गायब थी। जैसे वह तो वहीं थी; कि वह तो आटा गूँथ रही थी;

कि वह तो झाड़ू ही लगा रही थी।

□

अच्छी भली बैठकर कागज़ काट रही थी कि उठ खड़ी हुई और चलते-चलते भूल गई कि क्यों खड़ी हुई थी?

उसने अपने सर पर हाथ पटका। हाथ अलग से ठंडा लगा। दाहिना हाथ अधिक ठंडा था। दाहिने में चाकू था, कागज़ को मोड़ कर वह उसी से दो टुकड़े कर रही थी।

तेल की मालिश करनी चाहिए कि तपा लेना चाहिए हाथों को? मालिश करना ही ठीक होगा। तपाने के बाद ठंड और भी अधिक लगेगी।

उसे लग ही नहीं रहा था कि उसके हाथ में चाकू है। मन में डर लगातार बना हुआ था कि कहीं चाकू गिर न पड़े। ठंड जितनी थी हाथ अनुपात में कहीं अधिक ठंडे थे।

उस दिन भी वह इसी तरह डर गई थी। पति का हाथ उसे पूरा घेर कर थामे हुए था। उसके हाथ का दबाव उसे अपने बदन पर महसूस हो रहा था। वह ठूँस-ठूँसकर साँस लिए जा रही थी; छोड़ी एक बार भी नहीं। फिर साँस को पकड़ कर गाड़ दिया था बीच बदन में।

पूरा बदन बाढ़ की तरह उमड़ता चला गया था!

तभी जैसे वह नहीं थी।

फिर से जब हुई, हिली तो पता चला पति की बाँह तो कहीं थी ही नहीं। वह तो उसकी तरफ पीठ किए सो रहा था हमेशा की तरह।

खुद उसे आराम बाईं करवट ही मिलता था, पति अक्सर दाईं करवट सोता था।

यह तो ठीक है। लेकिन अभी कुछ देर पहले की तो बात है, उसका हाथ मेरे बदन पर था। मैं पक्का कह सकती हूँ कि वह उसी का हाथ था। वह उसी तरह से रखता है हाथ पीठ को घेरते हुए।

वह सीधी लेट गई।

यहाँ तक भी ठीक है। उसे तो इससे भी डरावना अनुभव होता है कभी-कभी। वह लेटी होती है, उसके पति का हाथ या टाँग उसके बदन पर कहीं भी पड़ी या फँसी नहीं होती। उसके अपने बिस्तर पर उसका अकेला बदन पड़ा होता है। बाएँ पैर को पूरी लंबान में फैलाए उस पर घुटने से मुड़ा दाहिना पैर टिका है।

बायाँ हाथ सीधा बाईं दिशा में पड़ा है, जैसे उसका हाथ न हो। महज़ एक हाथ हो, किसी का भी। दायाँ हाथ सीधा घुटने पर जाके पड़ गया है।

बदन ने झटका सा खाया जैसे वह चौंक गया हो। पति का सचमुच का हाथ उसके सीने पर पड़ा था और सचमुच की टाँग उसकी टाँगों में फँसी पड़ी थी और उसे पता ही नहीं था कि वे वहाँ हैं उसके बदन पर।

इस बात का पता न चलना और हाथ में चाकू के होने का पता न चलना क्या एक ही बात है?

पति की टाँग उसे लगा जैसे इस समय भी दबी हुई हो उसकी टाँगों में। उसने सोचा वह अपनी ऊपर वाली टाँग को या पंजे को, पति की टाँग पर खिसकाए नीचे से ऊपर या ऊपर से नीचे, तो हो सकता है कुछ महसूस हो। उसने अपनी ऊपर वाली टाँग को खिसकाना शुरू किया तो दंग रह गई कि वह तो उसकी अपनी ही टाँग थी।

पति की टाँग कहाँ गई होगी?

दाईं बाजू उसने अपने दाएँ हाथ को भेजा, पता लगाने कि वह किस स्थिति में है? दाईं बाजू पर खाली फर्श था। उसने सिर घुमाकर देखा

दाईं बाजू, फिर बाईं बाजूँ फिर उठकर बैठ गई। पूरी छत पर उसके अलावा कोई नहीं था। उसे यकीन नहीं आ रहा था कि पति वहाँ नहीं था। वह अनिश्चय में बैठी रही।

उसके ठीक सामने ही टिन्नी का खेल का घर था। घर के और उसके बीच कंकड़ों को बिछाकर बनाई गई एक सड़क। सड़क से उसने मुट्ठी भर कंकड़ उठाए और उस हाथ को ऊपर ले जाकर, वहीं से नीचे फैली दूसरे हाथ की हथेली पर गिराने लगी। एक बार दायाँ हाथ खाली होता दूसरी बार बायाँ।

दाएँ हाथ से कंकड़ एक सी रफ्तार से और लगभग एक ही तादाद में फिसलते थे। बाएँ हाथ की मुट्ठी से, कभी अधिक तो कभी कम।

यह दायाँ हाथ हर दफे बाजी मार ले जाता है कहते हुए उसने दाहिने हाथ के सारे कंकड़ फिर से सड़क पर उछाल दिए।

दायाँ-बायाँ, दायाँ-बायाँ – परेड करते समय वह, लगभग हर बार ही राहत के साथ सोचती – कितना अच्छा है कि चलते समय कौन सा पैर पहले उठाना चाहिए इस बारे में कोई नियम नहीं है।

वह चट से कभी भी उठकर चल दे सकती है। इस मसले पर न तो कभी उसका ध्यान गया न उसने कुछ सोचा ही।

मान लो, कभी वह सोचे या ऐसा कोई नियम अपने लिए बनाए कि चलना शुरू करते समय हर बार उसे दाहिना पैर ही उठाना होगा, तो संभावना इसी बात की है कि वह एक भी कदम न बढ़ा पाए, या सारा ध्यान दाएँ पैर पर लगा रखने के बावजूद ऐन मौके पर हर बार बायाँ पैर ही उठ जाए। जहाँ तक उसका अपना सवाल है, उसे लगता है कि चलने की शुरूआत में आमतौर पर दायाँ पैर ही उठता होगा। दाहिने पैर के प्रति उसके इस पक्षपात की क्या वजह हो सकती है?

एक तो जैसे यही, कि रोज़मर्रा के अधिकतर काम भी दायाँ हाथ ही करता है।

सवाल यही तो है कि क्यों करता है?

उसने जब पहले पहल 'अ' घोटना शुरू किया था तो पट्टी बाएँ हाथ में और पेन दाएँ हाथ में थमाई गई थी।

उसने जब अपने हाथ से खाना शुरू किया था तो माँ बताती है कभी दाएँ से, कभी बाएँ से खाती थी।

उस समय दोनों हाथ, एक से कुशल या अकुशल थे।

बार बार टोके जाने पर वह तो दाएँ हाथ से खाने-लिखने लगी थी। मगर बिन्नी पर, न डाँट का न मार का ही कोई प्रभाव पड़ा। डाँट या मार खा लेने के बाद वह याद रख कर कुछ देर तक तो दाहिने हाथ का इस्तेमाल करती थी मगर जैसे ही खाने में मशगूल होती उसका बायाँ हाथ अपने आप ही चलने लग जाता।

कभी कभी माँ ज़िद में आकर उसके सामने विराजमान हो जातीं और उसके दाहिने हाथ को पकड़े रख कर उसी से खाना खिलाती तो उसका खाने में मन नहीं लगता न उसका पेट ही भरता।

तसल्ली तो बाएँ हाथ से खाकर ही होती।

वजहें तो अब और भी कई नज़र आने लगी थीं –

जैसे यह भी एक नियम सा था कि दान देने या लेने का काम दाहिने हाथ से ही किया जाना चाहिए, मगर बाएँ हाथ को पता नहीं चलना चाहिए – इसी तरह पाणिग्रहण भी दाहिने के द्वारा दाहिने का ही होगा और माता भवानी जिसके दाहिने हो जाएँ उसके तो पौबारह ही पौबारह।

यानी दाहिनी बाजू के चुनाव में उसकी अपनी कोई विशेष भूमिका नहीं थी। दाएँ हाथ के जिम्मे सारे ही बुनियादी किस्म के काम हैं।

बाएँ को तो अमूमन सहारा ही देना होता है। इसीलिए वह लगभग ठूँठ का सा ही हो गया है।

मसलन, अगर कोई बाएँ हाथ में चाकू थमा दे और कहे कि लो इस सेव के दो टुकड़े कर दो, तो होगा यही कि बायाँ हाथ देर तक सेव के इर्द-गिर्द मंडराता रहेगा और दायाँ उसे घुमाता।

बाएँ को अपने पर इतना यकीन भी नहीं आएगा कि वह इस सेव के दो टुकड़े कर सकता है।

उसे अपने बाएँ हाथ से सहानुभूति थी और इस बात की खुशी कि जब वह सोती थी तो उसे न सीधे सोकर, न औंधा पड़कर, किसी करवट भी चैन नहीं पड़ता। जिस तरह भी सोए कुछ न कुछ बेचैनी की स्थिति बनी रहती।

या तो अपना ही बदन उसे गड़ने लगता,

या एक हिस्सा दूसरे के नीचे दब कर पिराने लगता।

दाईं करवट सोने पर उसे लगता जैसे बायाँ हिस्सा बड़ी भारी चट्टान हो। अगर वह देर तक इस करवट सोती रहे तो हो सकता है वह सोते में ही चकनाचूर हो जाए। बाईं तरफ नब्बे डिग्री का कोण बनाकर सोने से, कुछ थोड़ा सा आराम मिलता है।

यों तो यह ठीक है कि हाथ तो दायाँ ही दुनिया भर के काम करता है, सब्जी काटने से लगाकर झापड़ मारने तक।

यह ताज्जुब की ही बात है कि उसे अपना बाकी बायाँ बदन ही अधिक चुलबुला, अधिक चौकन्ना या अधिक बदन लगता था।

दाएँ-बाएँ बदन का यह बँटवारा उसे कभी समझ में नहीं आया।

अगर उसे कभी, किसी चीज़ को ठोकर मारने की ज़रूरत पड़ जाए तो वह अपने कौन से पैर का इस्तेमाल करेगी?

ठोकर मारने की मुद्रा में उसने अपने दोनों पैरों को बारी बारी से उछाला। दायाँ पैर तेजी से आगे की ओर लपकता हुआ ऊपर को उठा और उसी तेजी से लौटकर अपनी जगह खड़ा हो गया, एक विजेता की मुद्रा में।

बायाँ पैर आज्ञा पाकर अनिच्छा से थोड़ा सा उठा और अपनी जगह लौटा ही नहीं हवा में टँगा रह गया या चला गया ठोकर के साथ ही कहीं और। यानी ठोकर भी अगर कभी मारनी पड़ी तो दाएँ पैर से ही मारनी पड़ेगी।

कल को अगर वह फुटबॉल खेले तो कितनी ऊपर तक जाएगी उसकी गेंद? क्या लौट कर आएगी, नीचे, उसके पास? या आसमान में ही कहीं ग़ायब हो जाएगी? सोचने पर वह हर बार असमंजस में पड़ जाती। जबकि सैकड़ों बार देखा है उसने यह खेल।

ऐसा कभी नहीं हुआ कि उछाली गई कोई भी गेंद नीचे न लौटी हो। फिर भी अगर आप उससे पूछें तो वह दावे के साथ नहीं कह सकती कि अगर वह गेंद को उछालेगी तो वह लौटकर आएगी ही।

ठोकर यदि दाहिने पैर से मारनी पड़ेगी तो फुटबॉल भी उसी से खेलनी पड़ेगी जो तो उसने आज तक कभी खेली ही नहीं।

लंगड़ी खेलते समय ज़रूर वह अपने दाहिने पैर से दौड़ती थी। किशोरी मैडम बाएँ पैर से दौड़ती थीं और इतनी तेज दौड़ती थीं कि उनकी लगभग टखने को छूनेवाली काली चोटी, कभी इस तरफ कभी उस तरफ चाबुक की तरह लहराती थी।

सटाक दाएँ – सटाक बाएँ –

हर सटाक के साथ, – जा भाग जा शैतान – उतनी ही तेजी से चीखती, रात भर शैतान को भगाती, अपनी ही पीठ को उधेड़ती नन में बदल जातीं किशोरी मैडम। और खेल का मैदान डॉरमेटरी के किसी कमरे में।

गरबा में भी सब के पैर एक साथ ही उठने चाहिए।

सबके दाएँ या सब के बाएँ।

उसे हमेशा पहले से ही डर लगने लगता, उससे ज़रूर ग़लत या दूसरा पैर उठ जाएगा और सारा कुछ गड़बड़ा जाएगा। यही सोचकर वह गरबे में भी हिस्सा नहीं लेती थी। फिर भी इस बात से उसे अपने पर बड़ी शर्म आती। ढेरों ढेर लड़के-लड़कियाँ एक साथ इस नाच में हिस्सा लेते।

वह जब भी किसी को इस मुसीबत के बारे में बताती तो सब हँसने लगते। तुम तो पागल हो। इसमें दाएँ-बाएँ का क्या सवाल है? वह तो एक बार शामिल हो जाओ तो सब अपने आप सही हो जाता है।

पता नहीं ऐसा कैसे हो जाता होगा?

जब बहुत छोटी थी तब तो वह भी घेरे में अचानक और कहीं से भी घुस जाती थी और बिना किसी गड़बड़ी के घेरे का हिस्सा बन जाती थी।

यह दाएँ-बाएँ का चक्कर पता नहीं कब, कैसे शुरू हुआ?

वह घेरे के बाहर खड़ी सोचती रह गई कि पहले दायाँ पैर या पहले बायाँ? सोचते सोचते पता नहीं कितने साल बीते। वह कुछ भी तय नहीं कर पाई और घेरे से बाहर ही छूट गई।

मैदान खाली पड़ा होता, मगर उसके भीतर परेड लगातार चलती रहती दाएँ-बाएँ, दाएँ-बाएँ ...। अब यहाँ क्या मतलब है दाएँ बाएँ का? इसके बदले-एक-दो, एक-दो से भी तो काम चलाया जा सकता है? और फिर परेड हमेशा दाएँ पैर से ही क्यों शुरू होती है बायाँ-दायाँ, बायाँ-दायाँ, ऐसे भी तो बोला जा सकता है।

बोला तो क्यों नहीं जा सकता, मगर कोई बोलता नहीं। तुम चाहो तो ज़िन्दगी भर बोलती रहो, कोई और नहीं बोलेगा।

भलाई इसी में है कि यहाँ बाएँ को मान लो।

सब तो मान ही चुके हैं, एक मेरे न मानने से यों भी क्या फर्क़ पड़ने वाला है? बल्कि मेरे लिए तो अच्छा ही है क्योंकि इन दिनों मैं अपने बाएँ को आजमा रही हूँ बरहमेश धड़कने वाला दिल भी तो बाईं तरफ ही होता है और थोड़ा-मोड़ा जो भी चैन मिलता है, बाईं करवट ही मिलता है!

और क्या क्या हो सकता है बाईं तरफ?

अच्छा बताओ तुम्हारे प्राण किस तरफ बसते हैं दाएँ कि बाएँ?

ऐसे सवाल पूछने की मनाही है।

अगर नहीं बनता तो ऐसा कहो न।

बनने न बनने की बातई नहीं है। कुछ सवाल दूसरों से नहीं पूछे जा सकते।

दूसरे को छोड़ो, अपने से तो पूछा जा सकता है कोई भी सवाल?

पूछो न अपने से, कौन रोक रहा है?

तो क्या मैं अपने से नहीं पूछ रही थी?

सवाल क्या था?

तुम्हारे प्राण कहाँ बसते हैं?

आदमी के प्राणों की नहीं जानती, अपने प्राणों के बारे में बता सकती हूँ

अपने की ही बताओ।

मेरे प्राण? पेड़ में, पत्थर में, समुद्र में, पक्षी में, आसमान में ...

कहाँ कहाँ बसते हैं तुम्हारे प्राण?

किसी खास जगह नहीं। कहीं भी बस जाते हैं। मगर तुम्हारा सवाल था कि दाएँ बसते हैं या बाएँ?

प्राणों के होने का पता तो धड़कते दिल से चलता है जो बाईं तरफ होता है। इसलिए प्राण भी कुछ न कुछ तो बाईं तरफ बसते ही होंगे।

कहाँ तो ढेरों चीज़ों में बसते हैं तुम्हारे प्राण! और अब उन्हें सिर्फ बाईं तरफ ही बसाने पर तुली हो!

फिर दाईं बाजू का क्या होगा?

दाईं बाजू ठनठन गोपाल!

हालाँकि वह जानती है उसके ऐसा कहने से ही दाईं बाजू से छुटकारा नहीं होना है।

और क्या क्या हो सकता है बाईं तरफ?

वाम विचार और वामा भी काफी वज़नी चीज़ें हैं।

जैसे लोहे से बनी हों।

सोचो तो लगता है पत्थर हल्का ही होता होगा, लोहे की तुलना में। इस तरह अब बाईं बाजू काफी भारी हो गई है।

तुम्हारा क्या? अगरचे महिमा बाईं बाजू की होती तो तुम दाईं तरफ हो जाती। चूँकि महिमा दाईं बाजू की है, तुम बाईं तरफ ही तो हो सकती हो।

इस झमेले को छोड़ा, अब यह पता लगाओ कि–मेरे नानाजी ने अपनी पत्नी से क्यों पूछा होगा यह सवाल कि –

सच सच बता, कौनसा पैर मारा उसने? दायाँ या बायाँ?

इसका जवाब अपने नानाजी से माँगो –

टालो मत, जवाब दो।

जाहिर है वे तुम्हारी नानी को फुसला रहे थे, दाएँ-बाएँ बहका रहे थे। उनके हिसाब से कुछ बातें तय थीं।

जैसे?

अगर तुम नेमिचन्द्र के साथ बीमार माँ को ताँगे में अस्पताल लेके गई थी और ताँगे में वह सामने की सीट पर बैठा था तो उसने तुम्हें पैर ज़रूर मारा होगा।

उसकी जगह तुम होते तो?

मैं क्या, कोई भी होता तो मारता ही, उसने भी ज़रूर मारा होगा।

और यह भी तय है कि वह पैर मारेगा यह तुझे पता था इसलिए तो गई थी!

बदजात! लंपट!

बोल है कि नहीं सच? और है, तो कुबूल कर।

आज तो पैर मारा। कल को ...

बाएँ-दाएँ की चपेट में यह सब भी था। मगर नानी थी कि – मारा नहीं – की दुम पकड़ कर लटक गई तो लटक गई।

देख, सच तो यही है जो मैं कह रहा हूँ बस तू मान भर ले। नानी चुपचाप उन्हें देखती रहीं। फिर ज़मीन को देखने लगी।

ऐसे नहीं मानेगी तू, लातों के भूत बातों से थोड़े ही मानते हैं।

यहाँ आ? – कहते हुए उन्होंने बड़े भारी छपर पलंग का पाया उठाया था अपनी पूरी ताकत लगाकर।

चाबी भरी गुड़िया सी नानी, पहुँच गई थीं उनके पास।

चल रख हथेली नीचे –

पाया हथेली पर रख कर वे कमरे के बीचोबीच खड़े हो गए विजेता की मुद्रा में। अब बता, उस हरामी ने कौन सा पैर मारा था? दायाँ कि बायाँ?

कौन-सी हथेली थी नानी?

अपना बायाँ हाथ उठाकर हवा में घुमाते हुए, नानी ने कहा था – बाईं –

अपने दोनों हाथों के बीच नानी का बायाँ हाथ लेकर उसने देर तक सहलाया जैसे पलंग के पाए के नीचे से अभी अभी निकाला हो उस हाथ को।

वह बरसों से कोशिश कर रही थी और उस दिन निकाल लेने के बाद से तय नहीं कर पा रही थी कि पाए के नीचे दबा हुआ हाथ किसका था?

नानी का या उसका अपना?

वह तो जो भी हो, उस बाएँ हाथ पर बहुत बीती थी। इसलिए यह बाएँ की उपलब्धि ही मानी जाएगी।

सवाल यह भी तो उठता है कि उस समय नानी का दायाँ हाथ क्या कर रहा था?

हवा में हिल सकता था इसलिए हवा में हिल रहा था; दीवार पर पटक सकता था इसलिए दीवार पर पटक रहा था, बाएँ हाथ को कभी दबाकर, कभी सहलाकर राहत दे सकता था, सो दे रहा था।

इससे अधिक तो वह यों भी कुछ नहीं कर सकता था।

आखिर तो दाएँ हाथ की अपनी एक सीमा थी। डर से, एक बार तो वह सिहरा भी कि ऐसी अगर उसके साथ बीतती तो वह क्या कर सकता था?

इतनी बड़ी दुनिया में कितनी सारी चीज़ें थीं? अनंतकोटि जीव थे, उनमें से किसी एक का वह सिर्फ एक ...

दायाँ हाथ था!

पूरी अग्निपरीक्षा तो इकलौता बायाँ हाथ ही दे रहा था और दायाँ हाथ उसकी कोई मदद नहीं कर सकता था।

क्यों नहीं कर सकता? जबकि ऐसा दृश्य तो उसने भी देखा था कि दूर जंगल में खच्च खच्च खच्च– किसी पेड़ पर कुल्हाड़ी के चलने की आवाज़ सुनकर एक औरत अपने आटा सने हाथ लिए घर की देहरी पर खड़ी हुई और जंगल की दिशा में देखती रही। फिर वह दौड़कर अहाते में लगे अपने नीम से जाकर लिपट गई –

और तुम्हारा कहना है कि बाएँ हाथ पर बीत रही हो तो दायाँ कुछ नहीं कर सकता?

कोई भी कुछ करे तो तब, जब पता चले।

दाएँ के काम अलग। बाएँ के बिलकुल ही अलग। दोनों के दुःख अलग, सुख अलग, डर भी अलग-अलग।

दाएँ हाथ के दान देने का पता बाएँ को न चले, यहाँ तक तो ठीक ही है। पर यह भी क्या कि एक के कटने-फटने का पता भी दूसरे को न चले।

अरे सा'ब, ऐसा वक्त अब ज़्यादा दूर नहीं जब दाएँ हाथ के अँगूठे या उँगलियों के विशेषज्ञ और बाएँ हाथ के अँगूठे या उँगलियों के विशेषज्ञ अलग-अलग होंगे। और मज़े की बात यह है कि दाएँ का विशेषज्ञ बाएँ के मामले में कुछ नहीं कर पाएगा, इसी तरह बाएँ का विशेषज्ञ दाएँ के मामले में।

आप मुझे डराने के लिए तो ऐसा नहीं कह रहे हैं?

नहीं भई, मैं तो तुम्हें सिर्फ तथ्य बता रहा हूँ।

लेकिन ऐसा हो कैसे सकता है?

उसका दायाँ कंधा अचानक झन्ना उठा।

आप यहाँ आइए, विठोबा के दर्शन कीजिए।

अधिकतर लकड़ी से बने उस बड़े भारी पुरातन घर में एक छोटा कमरा विठोबा का भी था। काफी ऊँचे उठे हुए सिंहासन पर चुन्नू से विठोबा विराजमान थे। झुटपुटे उजाले में मूर्ति का चेहरा उठा हुआ था ...

इधर देखिए, विठोबा के दाएँ कंधे पर काँवर का घट्टा है! ...

उसका दायाँ कंधा तभी पहली बार झन्नाया था और ठीक उसी क्षण वह नहीं थी। एकनाथ के घर में खड़े खड़े ही नहीं थी वह; फिर भी न दाएँ गिरी थी न बाएँ उसने डरते-डरते चारों ओर देखा था।

किसी को भी पता नहीं चली थी उसके अभी-अभी न होने की बात! घट्टा देखने की उसने बिलकुल भी कोशिश नहीं की। उसे पता था कि वह है, वहाँ!

तीनों कंधे दाएँ थे और गड्डमड्ड हो गए थे।

तब से वह अपने दाएँ कंधे को कभी अलगा नहीं पाई थी। वह वहीं का वहीं हिलगा रह गया और इसी तरह कभी भी झनझना उठता है जैसे अभी झन्नाया था।

पति को उसके दाहिने हाथ ने दाईं बाजू ही टटोला था, मुँह भी पहले दाईं तरफ ही घुमाया था। ज़ाहिर है सोते समय उसका पति उसकी दाईं तरफ ही होता था।

शादी से पहले तो दुनिया उसके चारों ओर थी।

बाद में पूरी दाईं बाजू पर इकलौता पति छा गया और बाकी सारी दुनिया बाईं बाजू पहुँच गई।

उसे जो भी थोड़ा बहुत आराम मिलता था बाईं बाजू ही मिलता था। पति को दाईं करवट ही माफ़िक आती थी।

यह एक स्थिति थी। इसमें उनकी कोई भूमिका नहीं थी।

कई दिनों, बल्कि सालों तक तो उसे इस स्थिति का पता भी नहीं चला था।

एक बार सोई, कि फिर सोती ही रहती थी। बीच नींद में कभी जग भी जाती तो भी नींद से बाहर शायद ही निकलती। नींद में न किसी स्थिति का पता चलता न किसी बाजू का।

□

बल्कि जहाँ तक नींद का सवाल है, उसका जैसा कुछ और नहीं था। ज्यों-ज्यों रात बीतती जाती है उसकी नींद गहरी और गहरी, गझिन होती जाती है। घुप्प अँधेरी नींद में न कोई सपना होता है न वह खुद। न कोई और, न दुनिया। अँधेरा ही अँधेरा और उसमें लगातार गिरती हुई अँधेरे की वह।

बाहर खड़े लोग चिल्ला चिल्लाकर कहते, गिरो मत, बाहर निकलो। यह गिरने का समय नहीं है।

काहेका समय है? वह गिरते-गिरते पूछती रही। उन्होंने कुछ भी नहीं सुना।

वे अपनी ही धुन में चिल्लाते रहे –

बाहर निकलो, गिरने का समय नहीं है।

काहेका है? यह तो बताओ –

हम तो काहे का नहीं है, इतना ही बता सकते हैं। काहेका है तुम पता लगा लो।

समय के बारे में मैं कुछ भी पता नहीं लगा सकती – वह नींद में उतरते हुए चिल्लाई और भूल गई समय के बारे में।

दिन में कितनी बार तो याद करना पड़ता था समय को।

कितने बज गए? टिन्नी को स्कूल जाना होगा।

क्या बजा होगा? अभी तो नहाना भी बाकी है। दफ्तर जाने का समय हो गया।

अभी तक धोबन नहीं आई है, बारह बज गए। सब्जी वाले का कहीं अता-पता नहीं है। बरामदे में अखबार गिरा। यानी एक तो बज ही गया। टिन्नी भी आती ही होगी ...

किसी के आने का एक समय, किसी के जाने का दूसरा, किसी के खाने का तीसरा। घर में कुल जमा पाँच लोग; सबके अपने समय, सबके अपने काम। आमतौर पर सारे कामों का समय तय था। घर में चीज़ों की जगहें भी उसी तरह कमोबेश तय थीं। फिर भी एक वह है कि हर समय कुछ न कुछ ढूँढती ही रहती है। जालीवाली अलमारी के नीचे वाले दो खाने डिब्बों के लिए थे। डिब्बों के स्थान भी लगभग तय से हैं। जूते रखने की भी एक तय जगह है तो सही मगर अब जूते दरवाजे के बारह ही रहें, ज़रूरी नहीं। वे घर में कुछ जगहों पर चले जा सकते हैं बाथरूम तक, कुरसी तक या अधिक से अधिक तखत तक।

फ्रिज की एक जगह है, अलमारी की भी एक है, पलंग की भी है एक तय जगह। कुछ चीज़ें तो कई बार सालों तक एक ही जगह एक ही कमरे में पड़ी रहती हैं। बैठक वाले कमरे में तखत शुरू से था। पच्चीस साल बाद आज भी वह वहीं का वहीं है खिड़की के ठीक सामने।

कुछ चीज़ें ऐसी भी हैं, जो आपस में जगहें बदलती रहती हैं म्युज़िकल चेयर की तरह। कभी अलमारी इस कमरे से निकलकर बगलवाले कमरे में चली जाती है, कुछ सालों या कुछ महीनों के लिए।

कभी मशीन यहाँ चली आती है।

कभी फ्रिज चौके की बाईं दीवार से सटकर खड़ा हो जाता है।

जाड़े में, मेज़ पूरबवाली खिड़की से जा लगती है और गरमियों में उत्तरवाली खिड़की से।

उत्तरवाली खिड़की के ऐन सामने ही जंगल जलेबी के दो-दो पेड़ थे। खिड़की से हाथ बढ़ाओ और छू लो पेड़ को, तोड़ लो जंगल जलेबी। पहले तो इतना पास था पेड़।

बाड़ पर फैली बेल, रेंगती-रेंगती जाकर पेड़ के पास ठिठकी। ऊपर देखा तो पेड़ छत तक जा पहुँचा था – यह ठीक रहेगा उसने सोचा और धीरे से सरक ली पेड़ की डगाल पर।

पेड़ ने भी सोचा होगा, आखिर बेल ही तो है, चढ़ने दो। दुबली-पतली तो है। इसके नीले-बैंजनी फूल भी सुबह की हवा में ऐसे फरफराते हैं जैसे अभी उड़ जाएँगे सबके सब एक साथ।

होने न होने की नोक पर थरथराती बेल चढ़ती गई, चढ़ती गई पेड़ पर लिपटती गई जो भी डगाल मिली उसी से।

पूरा का पूरा भीमकाय पेड़ समा गया बेल के उस जाल में। ऊपर बस बेल ही बेल नज़र आती।

पेड़ को भी जब कभी मौका मिलता है, जाल से अपनी डगाल को बाहर की ओर फेंक देता है। यह बेल नहीं डायन है। इसी को तो कहते हैं अमरबेल। कैसे भी मरती नहीं। कितना भी काटो, कहीं से भी काटो, कटती ही नहीं।

सन्ति कहता है अगर पानी कटे तो वह कटे, हवा कटे तो वह कटे, आग कटे तो वह कटे।

अब तो पेड़ खिड़की से दूर बेल के चंगुल में है। टुनकाती डगालों को बेल के जाल पर डोलते देखना और खुश होना उसका शगल है।

मेज़ जिन दिनों खिसक कर इस खिड़की के सामने जम जाती है तो उसके साथ साथ कुरसी को भी खिसकना पड़ता है, साथ साथ कमरे में रखे पलंग को, बक्से को, कैरम को सबको अपनी जगहें बदलनी पड़ती हैं, आपस में।

कुछ चीज़ें ऐसी हैं जो कभी कमरों से निकलकर एकदम बाहर वाले बरामदे में पहुँच जाती हैं। कभी फिर किसी दिन अंदर चली जाती हैं – देवी का मुखौटा, पीतल की मुरादाबादी नक्काशीवाली तश्तरी, प्लास्टिक कास्टवाली शालभंजिका।

कुछ चीज़ें एकाएक ग़ायब हो जाती हैं जिन्हें वह बक्से में या शेल्फ पर रख कर भूल जाती है जैसे वे उसके पास कभी रही ही न हों। या कोई चीज़ एक दिन किसी दूसरी चीज़ के पीछे चली जाती है। वह चीज़ जितने सालों तक अपनी जगह से न हिले उतने सालों तक ग़ायब रहती है।

जब वह पूरी तरह से भूल जाती है उनके होने के बारे में तब वे एकाएक फिर से चली आती हैं उसके पास, जैसे वे कहीं गई ही न हों या जैसे अभी-अभी हुई हों।

कुछ चीज़ें कुछ दिनों के लिए एक बार आती हैं फिर चली जाती हैं, हमेशा के लिए। और इन तमाम चीज़ों की जगहें गड्डमड्ड हुई रहती हैं। पिछले कई महीनों का सिलसिला बड़ा बेढ़ंगा रहा है।

उसके दिमाग में चीज़ों की विशेष जगहें दर्ज़ होती हैं मसलन–

दवाइयाँ अलमारी में पेनजोन बाम वाले डिब्बे में

सुई पुराने केलेन्डर के किसी पन्ने पर खोंसी हुई

रंगीन फोटोवाला लिफाफा सोने के कमरे में गद्दे के नीचे दबा हुआ

कैंची मशीन की दराज़ में –

इन, इतनी सारी निश्चित जगहों वाली चीज़ों को भी वह आए दिन खोजती रहती थी। अक्सर इन में से कोई भी चीज़, इन में की किसी भी जगह उसे मिलती ही नहीं थी। इन चीज़ों के अभाव में अटके हुए कामों का एक अलग अंबार लगता चला जाता उसके सामने।

अपनी जगह चीज़ के न मिलने पर वह ऐसी जगहों को याद करने की कोशिश करती, जहाँ उसने उस चीज़ को देखा हो, अभी हाल में। या पहले कभी या सबसे आखिरी बार, कब देखा था उसने उसे?

किसे?

अपने बेडिंग को।

वह याद करने लगी। सामान रखते समय ट्रेन में उसे कहीं रखे की याद नहीं आई। घर के दरवाज़े से बाहर निकलकर भवेश ने जब उससे पूछा कि आ गया सारा सामान? तो उसने सामान को गिना ... एक, दो, तीन, चार, देखा नहीं और बोल दिया था हाँ आ गया। उसे खुशी थी कि इस बार उसने काफी होशियारी से काम लिया है। घर से बाहर निकलते ही अपने सामान को गिन लिया।

अभी तक तो सब कुछ ठीक ही है।

बेडिंग की शकल याद आने पर वह उस जगह को याद करने की कोशिश करने लगी जहाँ उसने उसे अंतिम बार देखा हो।

रेल में ऊपरवाली बर्थ पर या बर्थ के नीचे वह नहीं दिखा था।

प्लेटफॉर्म पर कुछ देर तक सामान को घेरे खड़े रहने के बाद, खाली बैंच दिखते ही सामान को सामने रखकर वे तसल्ली से बैंच पर बैठ गए थे। बल्कि घंटा भर बैठे रहे होंगे।

भवेश ने यह भी बताया था कि पिछली बार जब विश्वा आया था तो घर से निकलते समय उसे ज़रूरी कागज़ात उठाने की याद ही नहीं रही। वे कहीं बीच वाली मेज़ पर रखे रह गए थे। स्टेशन पहुँचने के बाद ही, उनकी याद आई और मैं दोबारा घर जाकर उन्हें ले आया था।

आदमी को समय इफरात से लेकर चलना चाहिए। किसी भी काम में पता नहीं कितने वक्त की ज़रूरत पड़ जाए।

कहो तो दो लीटर मिट्टी का तेल लेने के लिए चार घंटे लाइन में खड़ा होना पड़ जाए और इसके बाद भी पक्का नहीं कि मिल ही जाएगा।

वे भी कम से कम एक घंटे का समय लेके चले थे और उन्हें तसल्ली थी कि वापस जाने की नौबत नहीं आई।

बातचीत के दौरान उसकी नज़र कभी अटैची पर, कभी झोले पर,

हैंड बेग पर या छागल पर पड़ती रही थी। छागल को देखते हुए लग रहा था जैसे वह मिट्टी से ही बनाई गई हो। उसके मूल रंग का तो दूर-दूर तक कहीं अता पता न था। मौका देखकर धूल ने अपना ठिकाना बना लिया था वहाँ।

छागल के भीतर का पानी कितना ठंडा और स्वादिष्ट होता है जैसे अभी-अभी जमीन खोदकर निकाला गया हो। समुद्र किनारे सूखी दिखने वाली रेत को अपने हाथों से खोदती जाती थी, खोदती जाती थी। एक बड़ा सा गड्ढा बन जाता था। एक बार नीचे से पानी भरना शुरू हो जाता तब वह चकित, देखती रह जाती जैसे जादू हो रहा हो। गड्ढा पूरा भर जाने पर वह उसी में हाथ धोती, पैर धोती जैसे वह उसका अपना छोटा सा तालाब हो।

अपने सामान में उस समय भी बेडिंग को देखे की याद उसे नहीं आई। घर से बाहर निकलकर दरवाज़े से मुखातिब जब वह खड़ी थी तब भवेश अपने दोनों हाथों में दो अदद लिए निकल रहा था। उसने याद करने की कोशिश की कि उस समय उसके हाथ में कौन सी दो चीज़ें थीं। एक में अटैची और एक में कालावाला बैग, खुद उसके पास छागल और झोला ही था।

इसका मतलब है तब भी सामान में बेडिंग नहीं था। यानी वह घर से बाहर निकला ही नहीं, घर में ही छूट गया। बाँधा तो उसे भवेश के कमरे में ही था फर्श पर तिरछा फैलाकर। नई खरीदी चद्दरें, पछेड़ी, गामठी छापे का कपड़ा, चाकळा सब उसी में रख दिए थे। गोल करते समय वह एकदम फूलकर कुप्पा हो गया था, इसलिए खूब कसकर बाँधना पड़ा था।

बाँधने के बाद तिरछा ही लुढ़का दिया था। थोड़ा सा लुढ़कने के बाद ही वह टिक गया था फर्श पर।

बस तभी उसने देखा था उसे आखिरी बार।

ट्रेन चली तब भी वह अपना सामान ठीक से रखकर तसल्ली से बैठी रही थी कि चलो अभी तक तो सब ठीक ठाक ही रहा।

बाजू में महाराष्ट्रियन परिवार बैठा था। रात के साथ ठंडक भी थोड़ी-थोड़ी बढ़ने लगी थी। उनकी सातेक साल की बच्ची ठुनकने लगी–हमको सोना है, हमको सोना है। दो-चार बार न सुनने के बाद माँ के लिए न सुनना असंभव था। उन्होंने उठकर बैग से उसे चादर निकाल कर दी।

चादरें ही लेकर चलना चाहिए। खामखाँ बेडिंग ले आई और वह भी कितना बड़ा हो गया है। बेडिंग के आकार को देखने के लिए उसने सीट के नीचे झाँका। वह वहाँ नहीं था, ऊपर वाली बर्थ पर भी नहीं था।

उसने अपने सामान को नए सिरे से याद किया। अटैची, हैंड बेग, छागल और यह झोला तो भवेश से ही लेना पड़ा था। कितनी सारी चीज़ें खरीद डाली थीं। फूली फूली फ्रॉक देखकर टिन्नी की याद आ गई थी और चादर देख कर अपने तखत की। चूड़ियाँ देखकर इला की तो बाँछें खिल जाएँगी। चूड़ी को हाथ में पहनने के बाद वह अपने हाथ को ऊपर उठाएगी और घुमा-घुमाकर चारों ओर से देखेगी कि वह उसके हाथ में कितनी अच्छी लग रही हैं।

घर में जब कोई चीज़ अपनी जगह न मिलती हो, उठकर याद आने वाली तमाम जगहों को भी वह बारी बारी से टटोल आती और अक्सर होता यह कि वह जिस भी चीज़ को खोज रही होती, उससे कोई बिलकुल ही अलग और कई बार उस समय के लिहाज से एक निहायत ही ग़ैरज़रूरी चीज़ उस जगह विराजमान नज़र आती। तब वह एक दूसरी ही कोशिश करती, उस समय उसे जो चीज़ें दिख रही होतीं, उनकी जगहों को याद करने की। ताकि जब कभी उनकी ज़रूरत पड़े, वह फट से उन्हें खोज सके। इस चक्कर में मगर नई-पुरानी सारी जगहें गड्ड-मड्ड

हो जातीं और खोजने पर कोई भी चीज़ कभी सही जगह पर मिलती ही नहीं।

लगभग रोज़ ही, उसका ढेर सारा समय, किसी न किसी चीज़ को ढूँढने में ही बीत जाता, कामों के सारे समय गड़बड़ा जाते। सोने के समय कभी खाना पड़ जाता और खाने के समय कहीं जाना।

मूंगफली पीले डालडा वाले डिब्बे में ही तो रखी थी, इसमें मूंग की दाल कैसे आ गई? उस दिन खाली करके पता नहीं कहाँ रखा? थोड़ी सी ही तो बची थी। यानी छोटे वाले किसी बरतन में होनी चाहिए। कहीं शक्करदानी में तो नहीं? केरलवाली बरनी में भी तो हो सकती है! क्या पता च्यवनप्राश वाले छोटे डिब्बे में रख दी हो।

याद आते जाने वाले सारे डिब्बे निकालो, खोलो, बंद करो, फिर से जगह पर रखो। मूँगफली के मिलने तक तो कड़ाही जल चुकी होती।

कितनी बार कहा कि पहले सारा सामान निकालकर तैयार कर लो, तब जलाओ गैस! मगर चौके में कुछ भी बनाने पहुँची नहीं कि जलाया गैस और चढ़ा दिया बरतन चाहे कड़ाही हो, चाहे चाय की भगौनी या कुकर।

बरतन गरम होने तक तो फटाफट निकाल ही लूँगी चीज़ें। यहीं यहीं तो है सब कुछ। जैसे एक बरतन के गरम होने में ही घंटों लगने वाले हों।

इधर दूध गरम करने रखेगी, उधर बाथरूम में लाकर बाल्टी भरने को लगा देगी, कमरे में जाकर अलमारी से नहाने जाने के इरादे से कपड़े निकालेगी। एक समय पर ढेरों काम करेगी।

लो अब ये ब्लाउज़ का हुक टूटा हुआ है, इसी हाथ लगा लेती हूँ, कितनी सी तो देर लगेगी। ये तो यहाँ से उधड़ा हुआ भी है, मशीन चला देती हूँ जल्दी से।

वाह माँ क्या बात है! तुम बिलकुल ठीक समय पर बैठी हो मशीन पर। अपना यह कुरता भी उधड़ा पड़ा है – टिन्नी जी हाज़िर हो जातीं।

और वह इसी तरह एक काम से दूसरे काम की ओर लपकती चली जाती। उधर दूध या तो उफनकर गैस बुझा देता और मंदा होने की स्थिति में उबल-उबलकर आखिर में जल जाता। इधर नल बंद हो जाता। पानी कुल एक बाल्टी ही भर पाता।

तुम तो सारे के सारे काम एक साथ करती हो, बारी बारी से क्यों नहीं करतीं?

बारी बारी से कब होंगे सारे काम?

□

उसकी एक टाँग यहाँ फँसी थी, तो दूसरी वहाँ; तीसरी कहीं और; चौथी भी होगी कहीं न कहीं –

जैसे उसकी अनगिनत टाँगें हों और हर चीज़ में फँसती जाती हो एक के बाद एक। उसके पैर रखते ही चीज़ें धँसने लग जातीं अपने तल की ओर, और वह उनगें। उसकी कितनी सारी टाँगें थीं पहले से ही फँसी हुईं। फिर भी उसे टाँगों की कमी पड़ी रहती थी।

हुक्म जारी था, इसे जितनी टाँगों की आवश्यकता हो दी जाए, क्योंकि यह आगे बढ़ना चाहती है।

तुरंत ही उसे कुछ और टाँगें मिल जातीं, नए दिन के लिए। शाम तक तो उसे टाँगों की फिर से कमी पड़ जाती और हाथ अपने आप ही आगे बढ़ जाता, टाँगें माँगने के लिए।

इस तरह टाँगें बढ़ाते जाने से क्या आगे बढ़ा जा सकता है?

आगे बढ़ ही कौन ससुर रहा है?

उसका हाल तो बस पूछो ही मत। एक कुएँ से निकालो तो दूसरे में कूद पड़ती है। दूसरे से निकालो तो तीसरे में, तीसरे से निकालो तो चौथे में।

और कुओं की तो कोई कमी थी ही नहीं।

हर कदम पर मिल जाता था उसे एक न एक कुआँ। और यह असंभव है कि सामने कुआँ हो तो वह कूद न लगाए।

यहाँ तक तो गनीमत है। लेकिन मान लो कि कुछ दूरी तक कुआँ न मिले। तो बेचैन होकर खोदेगी वहीं, तभी के तभी कुआँ; झाँकेगी उसमें और फिर कूद लगा बैठेगी।

पूरी निगरानी के बावजूद ऐन उस वक्त कूद लगा देगी, जब आपको बिलकुल भी अंदेशा न हो इसके कूदने का। खुद इसे ही कब पता चलता है?

उस दिन मलबार हिल की चट्टान पर खड़ी थी। दाएँ हाथ समुद्र था और बाएँ हाथ कितने विस्तार में फैला है शहर! सड़कें ही सड़कें एक-दूसरे को काटतीं-जोड़तीं कारों की कतारें।

लगभग दौड़ती सी टाँगें मर्द की, औरत की, मर्द की। मर्द की, औरत की, औरत की। धीमी गति से पूरा एक साथ डोलता शहर का जहाज समुद्र में।

समुद्र कितना बड़ा था, सिरा कहीं दिखाई नहीं देता था जैसे हो ही नहीं। वह देख रही थी और समुद्र बढ़ता जा रहा था।

पास खड़े सन्ति को भी पता नहीं चला कि अभी-अभी वह वहाँ नहीं थी कि अभी-अभी उसने समुद्र में छलाँग लगा दी थी। बल्कि चौंक कर भी उसी ने देखा था सन्ति को, कहीं उसे पता तो नहीं चला! वह भी समुद्र को देख रहा था और आश्वस्त था कि अस्तु वहाँ है उसकी बगल में। लेकिन यह भी तो असंभव ही है कि सन्ति समुद्र को देख रहा हो और अस्तु समुद्र न हो।

□

किसकी शामत आई है कि उसे पहराए! कूदती है कुएँ में तो कूदे। सीधे से चले तो भी एक बात है। समुद्र से निकली तो पतिंगे में घुस गई पतिंगे से निकली तो हाथी में घुस कर डोलती हुई पूरे शरीर से चलने लगी। ठीक तभी उसे सुनाई दिया था –

महादेव जी के पोठिए की तरह क्या बैठी है?

और तब यह बात तो उसके दिमाग में एक बार भी नहीं आई कि वे उसी से कह रहे हो सकते हैं। कक्षा में शांति छाई हुई थी। उसने मुंडी इधर-उधर घुमा कर देखा कि महादेव जी का पोठिया कहाँ विराजमान है?

इधर-उधर कहाँ ताक रही हो? तुम्हीं से कह रहा हूँ ...

बीच वाली कतार की ठीक मेज से सटी पहली बैंच पर बैठी उसे, अंग्रेज़ी के मेहता सा'ब ने टोका तो उसे पता ही नहीं चल पाया कि वे क्या कह रहे हैं?

किससे कह रहे हैं यह सवाल बाद का था।

महादेव जी का पोठिया यानी बैल।

तो क्या महादेव जी का पोठिया सुस्त और मूर्ख किस्म का प्राणी है? उनके पोठिया बोलते ही उसके दिमाग में एक चित्र बना। एक डला-पड़ा जीव, भकुआ सा दुनिया को ताकता। अगर उसकी आँखों में लगातार देखते रहो तो पता चलेगा कि उसे उन आँखों से कुछ भी दिखाई नहीं दे रहा है।

इससे भी विचारणीय मुद्दा यह है कि क्या प्रलय के देवता शंकर का वाहन, एक ठस्स प्राणी हो सकता है? मेहता सा'ब को पता शायद

चल गया था कि वह ठिए से गायब है और खूँटा उसकी हाजरी लगा रहा है।

वे खुरदुरे किस्म के आदमी थे और कविता पढ़ाते थे। सिर पूरी तरह गंजा हो जाने से अभी बचा हुआ था। कान के पास से नीचे गर्दन तक थोड़े से बाल थे। वे अपनी चाँद को तेल से चमका कर आते। पढ़ाते समय उनका हाथ उठकर बीच बीच में चाँद की सैर कर आता। लाल, नीले, सफ़ेद, हरे नगों वाली अँगूठियाँ तब चमकती हुईं एक साथ दिख जातीं। तीन या चार दो हाथों की मिलकर कुल पाँच। खादी का कुरता, खादी की पटलीदार धोती और गाँधी आश्रम की काली चप्पलें। कद चार फिट दस ईंच। छोटे छोटे दाँतों के बीच कत्थई दरारें।

बात के समझ में आ जाने के बाद उसने खिसिया कर कक्षा के लड़के-लड़कियों पर नज़र डाली थी।

ज़ाहिर है, यह बात उसकी प्रशस्ति में तो नहीं ही कही गई थी।

उसने घर जाकर बाबा से पूछा था, क्या बैल को सुस्त किस्म का प्राणी माना जाता है? हाँ, घोड़े की तुलना में, माना तो जाता है।

लेकिन ऐसा हो कैसे सकता है? उसके सवार को तो अपने या किसी दूसरे के बदन पर चींटी के चलने का भी पता चले और यह ठस्स का ठस्स बना रहे। पता है महादेव का पोठिया तो साँड होता है साँड। वह कभी भी हल में नहीं जोता जाता।

उसे कुछ तो तसल्ली हुई कि महादेव का पोठिया सुस्त बैल नहीं, जंगली साँड होता है। इसलिए पोठिया कहे जाने में कोई खास बुराई नहीं थी और फिर पोठिया भी ऐरा-ग़ैरा नहीं, महादेव का!

गाय या बैल उसके कोई बहुत प्रिय पाणी रहे हों ऐसा नहीं था। जबकि गाय शुरू से उपयोगी जानवर मानी जाती रही है। पेट मगर बैल की कृपा से ही भरता था।

यानी उसके होने में गाय-बैल आदि जानवरों की प्रमुख भूमिका थी। उसके सब से प्रिय प्राणी थे घोड़ा, शेर, हाथी या फिर ससली (शशा – खरगोश की मादा) और फिर ससली ही नहीं, बीकण (डरपोक) ससली –

मज़े से खड़ी थी जंगल में, एक छतनार पेड़ के नीचे, शान से;

चौकन्नी देख रही थी, सब दूर। अचानक ही भागने लगी। भागती जाती और बोलती जाती

'दट्टण आव्युँ पट्टण आव्युँ, दोड़ो रे दोड़ो, आकाश तूटी पडयुँ' जो कोई सुनता उसी के साथ भागने लगता। आगे आगे ससली, पीछे-पीछे बाकी सारे जानवर। भागे जा रहे हैं, भागे जा रहे हैं। दहाड़ सुनकर सबके सब जहाँ के तहाँ खड़े रह गए।

क्यों भागे जा रहे हो? क्या बात है?

'दट्टण आव्युँ पट्टण आव्युँ, दोड़ो रे दोड़ो, आकाश तूटी पडयुँ' बोलती हुई ससली फिर से दौड़ने लगी।

कहाँ है आकाश? ला दिखा – शेर फिर दहाड़ा।

अब ससली पलटकर दौड़ने लगी, पीछे पीछे सारे जानवर। पूरी फौज पहुँची छतनार पेड़ के नीचे और ढूँढने लगी आकाश को। वहीं गिरा था वह, जब ससली शान से खड़ी थी बेरी के नीचे।

ढूँढते-ढूँढते हाथ आया क्या?

बूझो क्या, बूझो क्या?

'बाबा ऐसी कठिन पहेली नहीं बूझ सकते हम,

बाबू दफ्तर से आएँ तभी पूछ लेंगे हम'।

ऐसी एक डरपोक ससली पसंद है उसको और वह शेर भी – नारबाबा, जिसने दहाड़कर पूछा था – कहाँ है आकाश ला दिखा।

मेहता सा'ब के उस दिन टोकने का एक परिणाम यह भी निकला –

इस बात पर उसका ध्यान पहली ही बार गया कि उसका वास्ता कहीं न कहीं बैल से था तो सही; हालाँकि इस बारे में उसने तब तक कुछ सोचा नहीं था। जानकारी के तौर पर हो सकता है उसे अलग से पता हो कि उसकी राशि में पोठिया विराजमान है।

राशिवाला बैल मामूली बैल होता होगा कि वही साँड।

गति तो घोड़े की, हिरन की, खरगोश की या फिर किटड़ांग ... किटड़ांग ... किटड़ांग ... कछुए की।

फर्ज़ करो कि पोठिया अगर चलना शुरू करे तो उसकी चाल कैसी होगी? हज़ारों हज़ार टाँगों वाला कोई प्राणी अपनी सारी टाँगों से एक साथ चले, जिसकी हर टाँग फँसी हो कहीं न कहीं, किसी न किसी चीज़ में। तो उसकी चाल कैसी होगी? ठीक वैसी ही चाल हो सकती है पोठिए की।

पहली बार उसने खुशी से साँड की सवारी स्वीकार की। आखिर तो वह जंगली साँड था, महादेव का था। यानी उसने यह भी मान लिया था कि राशिवाला बैल, महादेव के पोठिए के सिवा कोई और तो हो ही नहीं सकता। वर्ना मेहता सा'ब को उसे देखकर पोठिए को याद करने की ज़रूरत न पड़ती।

और अगर वहाँ उन्हें पोठिया नज़र आया तो महादेव को भी होना ही चाहिए वहीं कहीं। रहते तो दोनों साथ ही हैं। जहाँ जहाँ महादेव वहाँ वहाँ उनका पोठिया। तब तो फिर यह भी सही है कि जहाँ जहाँ पोठिया वहाँ वहाँ महादेव।

उनके होने का पता लेकिन उसे बहुत बाद में चला।

हुआ यह होगा, कि महादेव थे तो सई, इसलिए उसने अलग से उनके होने न होने के मसले पर सोचा ही न होगा, कहो अब इसी बात पर दंग रह जाए कि हाँ भई, महादेव के होने का पता तो था ही नहीं।

हर साल ही पेड़ के पुराने पत्ते झड़ते हैं और नए आते हैं। फिर भी हर बार पत्तों के झड़ने पर और नए पत्तों के आने पर वह उसी तरह से चकित होती कि – क्या जादू है! ऐन ऐसा लगने के क्षण ही उभरता होगा उसका पोठियापन और तभी दिख जाता होगा किन्हीं मेहता सा'ब को। वे याद ही पोठिए की बदौलत रहे।

उन दिनों कभी वह आजी के साथ होती कभी माँ के। तैंतीस करोड़ नहीं तो भी गिनती के कुछ तीर्थंकर थे। कुछ केवली भी थे जो तीर्थंकर तो नहीं थे पर मोक्ष गए थे। वैसे ही एक केवली थे बाहुबली।

तीर्थंकरों के तो सब के अपने मंदिर होते थे। आदिनाथ का, महावीर का, पार्श्वनाथ का। बाहुबली के मगर ऐसे किसी मंदिर की उसे याद नहीं थी। कई जगहों पर उनकी बड़ी भारी मूर्तियाँ हैं खुले में खड़ी हुई।

चौबीस तीर्थंकरों में से आजी ने अपने लिए पार्श्वनाथ को चुना था। माँ ने आदिनाथ को।

रोज़ तो आजी पार्श्वनाथ के मंदिर ही जाती। केवल एक धूपदसमी का ही दिन होता है साल भर में, जब वे शहर के सारे मंदिरों में जाती हैं तमाम सारे भगवानों के दर्शन करने।

रोज़ के दर्शन के लिए सब के अपने भगवान थे और सबके अपने मंदिर। आजी के सारे पाठ, पूजाएँ, भजन आदि पार्श्वनाथ से संबंधित होते थे या फिर पद्मावती से। पद्मावती के प्रति उनके अतिरिक्त लगाव के मूल में भी दरअसल पार्श्वनाथ ही थे। माँ के भजन, पूजाएँ, पाठ आदि महावीर से संबंधित होते या आदिनाथ से। तब तक उसने अपने लिए किसी भगवान को चुना नहीं था। तीर्थंकर न होते हुए भी बाहुबली उसे पसंद थे संभवतः इसलिए कि उनकी विशालकाय मूर्तियाँ खुले आसमान में खड़ी हैं।

शादी के समय फेरों के बाद आर्द्रा उठकर आई और ठेठ उसके कान के पास अपना मुँह लाती हुई फुसफुसाई – तुझे लक्ष्मीनारायण का सुख मिले।

उसे क्षीर सागर में शेष-शैया पर लेटे विष्णुजी और उनके पैरों के पास बैठी लक्ष्मीजी का चित्र याद आया। इस दृश्य को देखकर उसे कोई विशेष खुशी नहीं हुई।

तब तक मार्था फुसफुसाने पहुँच गई – राम-सीता का सुख मिले –

पहले वनवास, फिर अग्नि-परीक्षा और फिर सीता-त्याग के दृश्य उभरे। तुरंत मन में सवाल उठा, राम-सीता के जीवन में सुख जैसा था ही क्या, कि कोई पाना चाहे?

तुझे शंकर-पार्वती का सुख मिले–यह उत्तरा थी।

बटुक के भेष में पार्वती के सामने खड़े, उसे चिढ़ाते, या छै-छै महीनों तक सती की लाश को कंधे पर लिए भटकते शंकर का हूलिया याद आया। उसने फट से चुन लिया था शंकर को, जैसे चुनने से ही मिल जाने वाला हो! मगर उसके साथ ट्रेजेडी यह हुई कि वह शंकर न निकलकर राम निकल गया।

उसे तो शंकर के होने का पता ही ऐन शादी के समय चला था।

जबकि उसके पोठिएपन का पता, मेहता साब को तो जब वह अभी नवीं कक्षा में पहुँची तभी चल गया था। होने को थी तो वह शुरू से एक पोठिया ही। अपनी हज़ारों-हज़ार टाँगों से चलती हुई।

□

नवीं कक्षा तक पहुँचते-पहुँचते तो उसके गुरु यानी मास्टर की तो बेचारे की धज्जियाँ उड़ चुकी थीं।

जब वह पहली-पहली बार स्कूल में दाखिल हुई तब उसके मन में गुरु का जो हूलिया था वह कुछ-कुछ इस प्रकार था। इसे अध्यापक का पूरा एक गणित भी कहा जा सकता है–

अध्यापक यानी गुरु

गुरु यानी त्यागी-मरजादी किस्म का आदमी

यानी मद-लोभ-मोह-काम-क्रोध आदि से दूर एक आदमी

और ऐसा आदमी तीर्थंकर या ऋषि-मुनी न सही, उस कोटि का जीव तो कम से कम होता ही होगा।

लगभग एक संत या साधु

लेकिन किसी साधु के घर-परिवार-बच्चे आदि कैसे हो सकते हैं?

इसलिए जब स्कूल में पढ़ने गई तो वहाँ पता चला कि वह जिन अध्यापकों से पढ़ती है (स्त्री-पुरुष दोनों) उनके घर-परिवार सभी कुछ है तो वह घोर आश्चर्य में गर्क़ हो गई। एकाध किसी मास्टर का होता तो भी एक बात थी। उस स्थिति में उसे वह एक अपवाद मान लेती।

पर यहाँ तो किशोरी बेन हों या पाठक, नलिनी हो या बुगला सबकी वही दशा थी। इसका मतलब यही न हुआ कि गुरु के घर-परिवार आदि होना बुरी बात कैसे हो सकती है? तब से अध्यापक के घर-बार होने को तो उसने मान लिया कि चलो इसमें कोई बुराई नहीं है। बेचारे गुरु को ही घर-बार से वंचित क्यों किया जाए?

उसने जैसे छूट दे दी थी अपने गुरुओं को कि ठीक है; घर-बार बीवी-बच्चे चलेंगे।

स्कूल में दाखिला लिया तब से अभी तक कमोबेश वे ही लड़के-लड़कियाँ उसकी कक्षा में थे। नवीं में पहुँची तो पहली बार अपने लिए विषय चुनने का मौका मिला – गणित-विज्ञान-हिंदी-अंग्रेज़ी। लेकिन इसका परिणाम यह हुआ कि इतने सालों से जिन लड़के-लड़कियों के साथ पढ़ रही थी वे अलग-अलग वर्गों में चले गए। उसके वाले विषय चुनने वाले विद्यार्थियों का एक नया वर्ग बन गया। इसमें पुराने वर्ग की शोभना, मीता, जयंत और पंकज ही बचे थे। वह पचास साल बाद भी याद करेगी तो भी जयंत तब जैसा दिखाई देता था, जैसे चलता था, हँसता था ठीक वैसा का वैसा ही दिखाई देगा अपनी सफ़ेद कमीज़ और नीली निकर में। पंकज के गालों के गड्ढे हो सकता है और गहरा गए हों। शोभना के बड़े दाँत और सुतवाँ नाक उसकी पहचान थी। कभी उसके दाँत झड़ जाएँ तो मैं उसे पहचानूँगी कैसे? लेकिन उस शोभना के दाँत कभी नहीं झड़ेंगे।

शोभनाएँ उसके वर्ग में तीन थीं। शोभना शांतिलाल मेहता, शोभना रतिलाल आड़तिया और शोभना अनंतराय रावल। वर्ग में कुल तैंतीस लड़के और बारह लड़कियाँ थीं। उन बारह में भी शोभनाएँ तीन और रमिलाएँ चार। उसने कभी शांतिलाल, रतिलाल या अनंतराय को देखा नहीं था। वे जैसे तब भी शोभनाओं में शामिल थे, आज भी हैं।

स्कूल में आमतौर पर लड़के-लड़कियाँ आपस में बातचीत नहीं करते थे। बल्कि बोलना अगर कभी पड़ ही जाए जैसे – कोरीडोर से लड़की जा रही हो और रास्ते में लड़के झुंड बनाकर खड़े हों तो लड़की उनके पास पहुँच कर बिना उनमें से किसी की भी ओर देखे कहेगी – 'साइड प्लीज़' और उसे रास्ता दे दिया जाएगा। इससे उल्टी स्थिति में लड़का भी ऐसा ही करेगा।

उसने कॉलेज में शुक्ला सा'ब की क्लास में जाना इसीलिए बंद कर दिया था कि वे हमेशा दीवार को ही देख कर पढ़ाते थे। उसे पूरा यकीन था कि उन्होंने अपने विद्यार्थियों की शक्लें कभी देखी ही नहीं थीं और वो उनमें से किसी को शक्ल देखकर पहचान नहीं सकते थे, नाम से भले ही पहचान लें। ऐसे अध्यापक से भी क्या पढ़ना! इससे तो सामने के समुद्र को ही क्यों न देखा जाए! धारासार बरसते पानी के साथ एकाकार समुद्र।

कभी आते-जाते लड़का-लड़की टकरा जाते तो छिटक कर सिकुड़ते हुए – 'आई एम सॉरी' कहते दोनों एक साथ। अधिक से अधिक कभी-कभार एक दूसरे से कॉपी किताब माँगते: 'मे आई हैव योर नोटबुक?' माध्यम तो गुजराती ही था। लेकिन लड़के-लड़कियाँ आपस में संवाद अनिवार्य स्थितियों में, नपा-तुला और अंग्रेज़ी में ही करते। लड़की के लिए अंग्रेज़ी लड़के जितनी ही दूर और पराई थी; लड़कों का भी लड़की के साथ वैसा ही संबंध था। अस्तु मगर सबसे गुजराती में और कभी भी बोलती थी।

उस दिन 'आउट' होकर (लंगड़ी में) शिरीष के पेड़वाले चबूतरे पर बैठी थी कि थोड़ी देर बाद नए वर्ग का जग्गू भी आउट होकर वहीं आकर बैठ गया। तभी घंटी बजी और सब प्रार्थना के लिए कतार बनाने लगे। 'वह वैशाली है न?' वैशाली प्रार्थना गाने के लिए तेजी से जा रही थी – लंबी-चौड़ी-गोरी सी लड़की। उसने एक नज़र वैशाली पर डालते हुए पूछा – 'हाँ, क्यों'? 'गाती बढ़िया है साली, मगर है बुगले की' ...

क्या मतलब?

मतलब क्या होता है? बुगले की यानी बुगले की। वो उसके घर भी जाता है।

वो तो ट्यूशन पढ़ाने जाता है।

हुँह ट्यूशन! सब पता है। और उधर एक वह है सफ़ेद सलवार-कुरते वाली काली लड़की। क्या नाम है उसका?

पद्मा।

वह अलग मेहता के साथ चालू है।

इन मास्टरों को भी कुछ तो सोचना चाहिए। घर में बीवी, स्टाफरू म में किशोरी मैडम और क्लास में वैशाली। हर तरफ हाथ मारते रहते हैं। हमारा भी तो कुछ –

बस? असली दुःख तो तुम्हारा यही है।

बुगला विज्ञान भी पढ़ाता था और वैशाली को प्यार भी करता था। उसका कहना था कि प्यार के समय प्यार, पढ़ाते समय पढ़ाना, खाते समय खाना।

हर चीज़ का एक समय होता है।

इसलिए वह दोनों काम बारी-बारी से और बिना किसी दिक्कत के कर सकता था। हर चीज़ अपनी-अपनी जगह थी। हर एक का अपना घेरा था। एक-दूसरे से एकदम अलग-थलग। किताब उसी तरह एक किताब थी, जैसे कोई किताब होती है। और घड़ी-घड़ी; फिर वह चौकोर हो, लंब चौरस हो, तिकोनी हो, अंडाकार हो या गोल हो। यह नहीं कि अब किताब रेला बन कर बहने लगे और घड़ी भी और वैशाली भी और सब गड्ड-मड्ड हो जाए। हर चीज़ अलग-थलग। इसीलिए बुगला सुखी था। मुसीबत तो वैशाली की थी। किताब और घड़ी और कमरा और बुगला सब बहते हुए एक दूसरे में रेलपेल हो जाते और वैशाली बुगले को खोजती रह जाती।

गुरु का घर-बार तो चला ही लिया था, पर चलने का तो एक सिलसिला था।

□

चलने से चीज़ें आगे बढ़ती हैं।

ऐसा कैसे कहा जा सकता है? सवाल पूछते पूछते वह एकदम से ठिठक गई। बचपन में वह रोज़ ही देखती थी। उसके घर से कोई पाँच-छह मकान और एक गली का मुहाना भर दूरी पर सादिक मियाँ की तेल की दुकान थी। सवेरे दरवाज़ा तह्रा कर दीवार से सटा दिया जाता। दरवाज़े की जगह तेल के पीपे कतार में खड़े हो जाते, मूंगफली का तेल, सरसों का, तिल का, तीसी का भी।

कुछ ही दूरी पर कोल्हू लगातार चलता रहता।

नफ़ीसा'बी कोल्हू पर एक पैर घुटने से मोड़ कर दूसरे को हवा में लटकाए बैठी-बैठी ओरी हुई मँगफलियों, सरसों या तिली को हाथ से भीतर की ओर धकेलती जातीं। बैल के रुक जाने पर पीठ थपथपाकर धकिया देतीं – चल रे मुए जल्दी जल्दी चल–

और बैल चलता चला जाता सुबह से दोपहर तक, शाम से रात तक, मगर रहता था वहीं का वहीं। न आगे बढ़ता न कहीं पहुँचता।

बैल की बात छोड़ यार, तू या मैं चलेंगे तो क्या आगे नहीं बढ़ेंगे?

पहले से ऐसा कैसे कहा जा सकता है?

आगे-पीछे को भी छोड़ो, चलते तो रहना चाहिए कि नहीं?

बैठते ही शुरू हो जाता माँ का जाप – 'फरे जो चरे ने बंध्यो भूखे मरे'। इसलिए चलती तो लगातार रहती थी।

अपने पोठिएपन के चलते आए दिन संकट में पड़ती और उसी के चलते निकल भी आती। ऐन वक़्त तक तो उसे कुछ भी पता चल ही

नहीं पाता। नवीं में पहुँचकर गणित को भी उसने विज्ञान और हिंदी, अंग्रेज़ी के साथ लिया था। नंबर तो गणित में ठीक ठाक ही मिलते थे। बस जीवन में ही कभी यह साबित नहीं हो पाया कि उसका गणित पक्का है। इसका मतलब यही न हुआ कि या तो इम्तहान की कसौटियाँ ग़लत थीं या फिर वह गणित में थी ही फिसड्डी।

पहले तो इस विषय का उपयोग उसके लिए इतना ही था कि पैसे के मामले में कम से कम ठगी न जाए।

गणित में जादू के खेल का मज़ा तो पाठक ने ही पैदा किया।

असली मज़ा तो आँकड़ों से खेलने में ही आता था। कोष्ठ के बाहर ऋण का चिह्न होता तब तो कोष्ठ खोलने पर सच में जादू होता। लेना देने में बदल जाता और देना लेने में।

यह उसे कोई मामूली चमत्कार न लगता।

एक लकीर चलने लगती तो फिर चलती ही चली जाती। एक लकीर घूमने लगती तो घूमती ही रह जाती। गोल गोल धानी, इत्ता इत्ता पानी, गोल-गोल धानी ...

हर दिन उसे किसी न किसी बात पर तो चकित रह ही जाना पड़ता था। जबकि परोसने को तो सभी कुछ परोस दिया गया है भीतर का बाहर और बाहर का भीतर। एक छोटे से कंकड़ जैसे बीज को बो दो तो उसमें से पूरा एक पेड़ निकल आता है। यह चमत्कार तो शुरू से था और अब भी चल रहा था।

नए-नए भी तो कितने सारे हैं?

होने को तो इतना ही होता है कि प्लास्टिक की नामालूम सी पट्टी एक धुरी से खुलती और दूसरी से लिपटती चली जाती है और भीमसेन जोशी की आवाज़ कहीं भी कभी भी सुनी जा सकती है! दुनिया के किसी भी कोने में खेल रहे विश्वनाथ को कमरे में रखे डिब्बे में देखा जा सकता है। अवकाश में गए आदमी से बातचीत की जा सकती है।

यह सब तो इस क़दर आम हो चुका है कि कोई भी तो उसकी तरह आतंकित नहीं होता इन सब चीज़ों से। जब कि अभी स्कूल के ही दिनों की तो बात है। लाल साफे और बड़ी-बड़ी काली मूँछोंवाला आदमी अपने सिर पर चमत्कारी डब्बा और बगल में तिपाई दबाए आता था। डब्बे में गोल ढक्कनदार छेद होते तीन या चार। उन ढक्कनों के पीछे बसे रहते थे बम्बई, कलकत्ता, लंदन, पेरिस। कहाँ से कहाँ पहुँच जाया जा सकता था।

गणित के चमत्कार तो मगर अलग ही हुआ करते थे। चीज़ें दुगुनी, चौगुनी, कई गुनी होती चली जाती थीं। आमने-सामने रखे आइनों में गिनो तो गिनते न बने, बीनो तो बीनते न बने, इतने चेहरे दिखाई देते।

ऐसे आईनों में क़ैद वह दौड़ती थी आईने से आईने तक।

उसके आगे-पीछे सब कहीं एक अस्तु ही अस्तु होती थी। कोई और तो कहीं होता ही नहीं था।

और एक अस्तु थी कि उसे अस्तु का अस्तु रहना पसंद नहीं था। आईने तो उसके हिसाब से ऐसे होने चाहिए कि बीच में अगर अस्तु खड़ी हो तो उसके चारों ओर पूरी दुनिया नज़र आए।

आमने-सामने रखे आईनों में अपने अनगिनत चेहरे देख कर चकित तो वह हुई। पर यह चमत्कार उसे कुछ खास पसंद नहीं आया। न आईने ही पसंद आए।

शून्य को भी तो गणित ने ही खोजा।

शून्य के साथ ही एक सवाल भी पैदा हुआ: शून्य के खालीपन का आकार गोल क्यों? चौकोर क्यों नहीं?

तुम्हारा तो गणित ही अलग है।

जो कुछ भी जैसा है वैसा क्यों है? किसी दूसरी तरह क्यों नहीं?

पेड़ उल्टा है कहो, तो पूछेगी सीधा क्यों नहीं? अगर कहा होता कि पेड़ सीधा है, तो पूछती उल्टा क्यों नहीं?

लकीर को छूता हुआ आगे-पीछे से भी गुजर सकता है शून्य; बह सकता है पानी की तरह; हवा की तरह; समय की तरह।

ऐसी किसी तरह चलने के बजाय वह एक गोल घेरे में बंद क्यों हो गया होगा?

इतना भी नहीं मालूम?

गोल गोल धानी, इत्ता इत्ता पानी।

गोल गोल घूमते जाओ और नीचे उतरते जाओ, गोल गोल घूमते जाओ और ऊपर चढ़ते जाओ।

किस ओर घूमना शुरू करने से ऊपर जाया जा सकता है? किस ओर से घूमने पर नीचे, दाएँ या बाएँ?

घूम कर देख लो।

लकीर का सिरा कहाँ है?

गोल वाली लकीन का भी कोई सिरा होता है?

तो क्या चक्का एक ही लीक में घूमता है? कोल्हू के बैल की तरह?

नहीं, चक्का तो चलता है, अंधाधुंध चलता है। कभी घूमता है, घुमाता है, कुचलता है और कभी तल में जाकर बैठ जाता है शांति से।

नोक भर बिंदु! दिखाई भी नहीं देता कभी कभी तो जैसे हो ही नहीं। दिखाई तो हवा भी नहीं देती, इसीलिए मान लें कि वह नहीं है?

तो मत मानो, चाहो तो यह मान लो, कि जो कुछ है, सब का सब देखा नहीं जा सकता।

मान लें तब तो सब कुछ को देखा जा सकता है। जो है उसे भी, जो नहीं है उसे भी।

तुझे तो जो होता है वह भी कहाँ दिखाई देता है?

एक दिन शाम को मैं घर आया तो घर पर कोई नहीं था और तू तो शून्य के एक गोल घेरे में बन्द होने को लेकर मगन, गोलवाली लकीर का सिरा ढूँढ रही थी। तुझे पकड़ कर बिठा लिया था मैंने अपनी बगल में। उस समय भी तेरा सवाल था: किस ओर से घूमना शुरू करने से ऊपर जाया जा सकता है?

मेरा हाथ तेरी पीठ को घेरता हुआ तेरे कंधे तक पहुँच गया था –

लकीर का सिरा कहाँ है? ऊपर या नीचे?

ढूँढो कहाँ है सिरा?

तुम घूमती जा रही थी बाएँ से दाएँ और ऊपर चढ़ती जा रही थी। फिर घूमती दाएँ से बाएँ और नीचे उतरती जाती नीचे, नीचे नीचे, कहाँ है सिरा?

ये दरवाज़ा तोड़ूँगा, छुर्रा लेकर मारूँगा;

ये दरवाज़ा तोड़ूँगा, छुर्रा लेकर मारूँगा।

मगर तुझे जब कोई खटका हो!

मैं लगातार अपने हाथ को पहरा रहा था कि वह कहीं कस तो नहीं रहा? मुझे अपने से ही डर लग रहा था, मेरे हाथ–पैरों पर से मेरा नियंत्रण छूट रहा था। कुछ भी हो सकता था, शायद हुआ भी। मैंने किसी समय तुमको अपने से सटा लिया था, तभी मेरे ओठों ने शायद तेरे कान को चूमा था। मैं झटके से उठकर खड़ा हो गया।

□

शनिवार था उस दिन और उसके बाद कई दिनों तक नहीं आया था पाठक। यह सब उसने बताया तब उसकी ठीक बगल में ही बैठी थी वह, घर के सोफे पर नहीं, रेल्वे स्टेशन की बेंच पर।

पाठक चला गया तब भी वह वहीं बैठी रह गई थी। जैसे चिपक गई हो उस बेंच से। कुछ हाथ मंडरा रहे थे, उसके बदन के गिर्द। पता नहीं कितने! और उसका बदन धब् धब् धब् पिघल कर बहता जा रहा था जैसे वह अस्तु न होकर एक रेला हो। तेजी से बहता हुआ गर्म लावा।

बगल में खाली जगह थी, पाठक का हाथ कहीं नहीं था। जब था तब तो पता भी नहीं चला था उसे, वह तो ऊपर जा रही थी, नीचे आ रही थी।

उसके बाद पाठक जब भी मिलता वही 'धब् धब्' शुरू हो जाती और उसे हर बार नए सिरे से लगता कि उस दिन बस बच ही गई थी।

बीस साल बाद उसने जब रेल्वे स्टेशन का पुल उतरना शुरू किया तो देखा सामने से पाठक आ रहा है, वह उसकी ओर लपक ली थी।

'अस्तु क्या?' कहते हुए उसने कंधा दबाया। माँ बगल में खड़ी थी, उसे अपने खून में फिर वही 'धब् धब्' सुनाई दी थी।

उस दिन बचने में भी उसका सोचा-भाला कुछ नहीं था। न उसे फँसने का श्रेय मिल सकता था न निकलने का। फिर भी अपने बच जाने पर वह खुश थी!

आगे से ध्यान रखना।

अब न किसी से ज़्यादा बात, न चीत।

न लकीर का सिरा, न चक्का,

सीधे रास्ते जाना और सीधे रास्ते आना।

उसने कई बार और ज़ोर-ज़ोर से सिर हिलाया था और फिर दौड़ गई थी खेल में शामिल होने। जैसे बचकर भाग निकली हो और अब कभी कहीं फँसने वाली न हो।

कॉलेज वह रोज़ बड़े वाले पुल से होकर जाती थी। सीढ़ियाँ हालाँकि बहुत सारी चढ़नी उतरनी पड़ती थीं, लेकिन ऊपर चलते हुए नीचे से गुजरने वाली रेल, लोग, कारें इतने नीचे दिखते और इतने दूर कि वह एक तरह से उनसे अलग भी हो लेती थी।

लौटते हुए पुल चढ़ना शुरू किया तो लगा, बगल वाला आदमी जैसे उसके साथ-साथ चल रहा था।

इसमें साथ का क्या है? इतना बड़ा पुल है, कोई भी तुम्हारी बगल में चल रहा हो सकता है। सभी तो जा रहे हैं, अगल-बगल, आगे-पीछे।

कुछ देर बाद लगा, वह जानबूझ कर उसी के साथ चल रहा है और चलते-चलते कुछ बुदबुदा भी रहा है।

होगा! कुछ लोग अपने से ही बात करते चलते हैं।

और अगर वह किसी दूसरे से कुछ कह रहा हो तो?

हाँ, इतने लोग आ-जा रहे हैं पुल से। जाने किससे कह रहा है?

सोचने को तो उसने सोचा। मगर देखा कि उस एक सीढ़ी पर कुल तीन ही लोग थे। आगे की भी दो-एक सीढ़ियाँ लगभग खाली सी थीं और बूढ़ा ठीक उसी की बगल में चल रहा था। पीछे आनेवाले को लग सकता था कि वह उसी के साथ था और जो कुछ भी कह रहा था उसी से कह रहा था –

– यह आदमी भी एक विचित्र जीव बनाया है विधाता ने। अब देखो, मेरे घर में बस एक ही लड़की है। तुम्हारे जितनी ही होगी, यही कोई सत्राक साल की। उसकी माँ तो छोटे में ई मर गई थी।

इस बीच उसे लड़की से सहानुभूति हो आई थी। बेचारी के जाने कब से माँ ही नहीं है। हो सकता है उसने अपनी माँ को कभी देखा ही न हो। तस्वीर में भी नहीं। पंकज की माँ की भी कोई तस्वीर नहीं थी। उसने जब बताया तो उसे यह बात एकदम असंभव लगी थी।

और आदमी भी बेचारा, एक तरह से दुखी ही माना जाएगा। बिना कुछ कहे-सुने इसकी बात सुनने में क्या हर्ज है? उसने सोचा और वह उसी तरह साथ-साथ चलती रही बिना उसकी ओर देखे।

जानती हो, मेरे तो जो कुछ है, बस वही एक है। क्या करूँ?

उसने गहरी साँस ली –

बहुत मन होता है तो कभी-कभी पानी निकाल लेता हूँ ...

चलते-चलते उसके सामने जैसे कोई कुआँ आ गया हो।

उसने एक-एक शब्द पूरा सुना था।

यहाँ क्या कर रही है? पता है कितनी देर हो गई है! माँ ने आज जल्दी आने को बोला था न? उसने अपने को लताड़ा और सीढ़ियाँ फलाँगती तेज़ी से आगे बढ़ ली। जैसे जाने कितनी जल्दी में हो।

बूढ़ा, जाने क्या बड़बड़ा रहा था, जाने किससे कह रहा था। मुझ से उसका क्या लेना देना? वह अपने से कहे जा रही थी और बुरी तरह से सीढ़ियाँ फलाँग रही थी।

घर जाकर सारा पुराण आजी के सामने बाँचा गया। जैसे इसे न बताना छिपाना हो और छिपाना यानी झूठ बोलना भी –

आजी ने तुरंत फरमान जारी कर दिया – खबरदार, रास्ते में किसी अनजाने आदमी के साथ मत चलना; न कुछ कहना न सुनना। समझी? तूने उससे कुछ पूछा तो नहीं था?

आजी को डर तो लगा ही रहता कि न जाने किससे क्या पूछ बैठे? कहो यही पूछ ले बूढ़े से कि पानी निकालते हो, मतलब?

फिर तो आजी को बूढ़ा अस्तु का हाथ पकड़ कर अपने साथ ले जाते हुए कहता सुनाई देता: 'चल तुझे बताता हूँ।'

सवाल पूछने का तो उसे यों भी बुरा और पुराना मर्ज़ है।

उस समय लेकिन उसने ना में सिर हिलाया कि नहीं मैंने बूढ़े से कुछ भी नहीं पूछा। तब जाकर कहीं आजी की जान में जान आई कि चलो बच गई!

मूर्ख तो वह यों भी पैदाइशी थी। पूरे दस साल की हो गई तब तक तो मालूम ही नहीं था कि लड़का हुआ है या लड़की, इसका पता किसी को कैसे चलता होगा?

जबकि उसकी आजी तो दस साल की थी तभी ब्याहकर भी आ गई थी। एक बहन और एक भाई तो उसके पहले से ही था, फिर भी उसे कुछ भी पता नहीं था।

सब बच्चे उसे एक से ही दिखाई देते। अपनी बेटी के बदले उसने जब किसी दूसरे बच्चे को अपनी बगल में लेटे देखा तभी पता चला पहली बार, कि बच्चे कितने अलग होते हैं। कि वह बच्चा उसकी बेटी नहीं थी।

इसकी नाक कितनी तीखी है और रंग कैसा चमकीला काला। बेटी की नाक गोल टिप्पी, टिप्पी सी थी। बिन्नी ने चुटकी भी ली थी –

तुमको ये बिना नाकवाले बच्चे कैसे पसंद आते हैं?

बेटी के चेहरे पर गोल नाक कितनी अच्छी लगती थी।

यह सब तो ठीक है। लेकिन, यह मेरी बेटी नहीं है, उसने हड़बड़ा कर नर्स को आवाज़ दी थी।

अस्पताल से जब खबर आई कि उसके एक भाई और हुआ है तब यह सवाल पहली बार उसके मन में उठा, पता कैसे चलता है कि लड़का हुआ है या लड़की?

वह तुरंत आजी के पास पहुँच गई। आजी चौके में माँ के लिए गुड़-अजवाइन का पाक बना रही थी।

आ गई नानी (बेटी)? आहा हमारी नानी के तो भैया हुआ है। देखने चलेगी अस्पताल?

चलूँगी, पर पेले यह बताओ, पता कैसे चलता है कि लड़का हुआ है या लड़की?

आजी ने उसकी टाँगों के बीच चुटकली ली थी, अरे इससे! इसी की तो महिमा है संसार में।

वह चकित रह गई। अभी तक उसे यह भी पता नहीं था!

उसने अस्पताल जाकर भैया का मुँह बाद में देखा, सबसे पहले टाँगों के बीच झाँका था। मगर इसके लिए भी उसे इन्तज़ार करना पड़ा था भैया के मुत्ती करने तक, जो कि वह कभी भी कर देता था।

मगर लड़की को अपनी टाँगों के बीच के हिस्से को घोड़े की दुम के बाल से सिलकर क्यों रखना चाहिए?

वह पूछना चाहती थी आजी से, अब दूसरा सवाल। क्योंकि आजी आए दिन उसे यह हिदायत देती रहती थी कि – यह बात तो तू गाँठ बाँध के रख ले।

बहुत से सवाल माँ से नहीं पूछ पाती थी। आजी से मगर कुछ भी पूछा जा सकता था। उसने चट से पूछ लिया कि – क्यों बाँध के रखना चाहिए?

समय आएगा तो सब समझ जाएगी अपने आप। अभी तो जा तू, तेरे खेल। आजी-माँ-बाबा सब कोई उसे हर सवाल के जवाब में खेल की ओर धकेल देते। और समय आने पर वह भोंदू की तरह ताकती रह जाती।

हड़बड़ी में वह किसी काम से कमरा पार कर रही थी। दूसरी तरफ से विश्वा आ रहा था। घर यों भी बहुत बड़ा नहीं था। कुल दो ही कमरे और रहने वाले आठ लोग।

कोई आ रहा होता तो कोई जा, सो, या खा रहा होता। कोई गा या पढ़ रहा होता। सारे काम उतनी सी जगह में सभी को करने होते, बारी-बारी से कब हों सब? इसलिए एक साथ ढेरों काम होते।

विश्वा ने अचानक ही झपट्टा मारने की तरह हाथ बढ़ाकर, उसके उठते हुए स्तन को पकड़कर दबाते हुए पूछा था – तेरे ये क्या हैं ये? उसे भी तभी पहली बार पता चला था कि वे उसके क्या थे?

उसे कुछ भी मालूम हो इससे पहले तो सब कुछ घट चुका था।

तब तक तो जैसे वे थे ही नहीं, तभी हुए और तभी के तभी बढ़कर उसे पूरा ढक लिया था उसके स्तनों ने, जैसे वह स्तन ही स्तन हो।

और वह तो यों भी, जो हो जाए उसके अलावा कुछ और तो होती ही कब है? अस्तु भी नहीं रहती फिर तो।

ऐसे भी तो कहा जा सकता है कि अस्तु इस समय चींटी है कि इस समय स्तन है कि इस समय ...

लेकिन एक ही समय में अस्तु चींटी और अस्तु कैसे हो सकती है?

तब फिर अस्तु नहीं, चींटी; अस्तु नहीं, स्तन; अस्तु नहीं आसमान।

एक अस्तु भर नहीं। बाकी कुछ भी।

□

आसमान में पतंग, चिड़िया, विमान, बादल कुछ भी हो सकता था। पर था नहीं।

पानी है कि अगास?

अगास में अगासी, अगासी पर अकाश। अच्छा इस बुझारत को तो बूझो – गलक्या री वावड़ी में गलक्यारा फूल, नव से हाथी मलीने करे कबूल!

बताओ –

जल्दी करो भई –

कितनी देर –

बोलो न –

हार मान ली?

नहीं, ऐसे कैसे हार मान ली? सोचने तो दो।

अरे हट सोचना, ओचना क्या, पहले से सोच के रखो।

उसके भीतर जवाब कुलबुला रहा था। वह लगातार पिली रही कि मैं हार मान लूँ तो वह महाज्ञानी की तरह अपना ज्ञान उद्घाटित करे, पूरे अनुष्ठान के साथ।

मैं हार मानूँ कि न मानूँ, उसने मुझे पराजित घोषित कर दिया – हाँ चलो मान ली हार। आसमान देखा है? तारों भरा आसमान?

अच्छा अब तुम्हारी बारी। बताओ – मटकी में आकाश, कि मटकी में पानी?

चलो चलो भई बोलो, जल्दी करो। दो में से कोई भी एक बता दो, उसने भी ठीक वैसी ही मचा दी।

दो में से एक कोई कैसे बता सकता है?

दोनों एक साथ कैसे हो सकते हैं?

क्यों नहीं हो सकते?

इतनी देर लगाओगी तो हार गई मान ली जाओगी –

मैं बताऊँ? घड़े में आकाश।

यह झूठ बोल रही है सर, घड़े में तो पानी होता है, किसी से भी पूछ लीजिए।

उसने अपनी पूरी कक्षा से पूछा।

सबको अपने-अपने घड़े याद आए। अपनी-अपनी जगहों पर बरसों से बैठे हुए घड़े और उनमें रखे हुए पानी का स्वाद। पूरी क्लास ने सिर हिलाकर हामी भरी।

अहं! सर इसे इत्ता भी नहीं मालूम कि घड़े में आकाश होता है।

'हाँ रे कोई माधव ल्यो, माधव ल्यो' ...

'माधव ल्यो, माधव ल्यो' क्या बेच रही है री पगली?

तो क्या मटकी में माधव नहीं है?

सिर पर मटकी धरे सोचे जा रही है गोपी। मटकी में माधव नहीं है तो क्या है?

उसने मटकी उतार कर धर दी। लो खुदी देख लो। झूटी कहीं की, मटकी में तो मही है।

तुम्हें दिखती नहीं क्या रासलीला?

किसी को भी नहीं? उसने कुछ निराश होते हुए कहा।

माधव-आधव कहीं कुछ नहीं है पगली, उठा अपनी मटकी और जल्दी जल्दी बेच मही।

जब मेरे पास मही है ही नहीं!

तो जा बेच अपने माधव को।

बेचूँगी, बेचूँगी, खूब बेचूँगी।

बोलो भई मटकी में माधव कि मटकी में मही? मटकी में पानी कि मटकी में आकाश?

'बाबा ऐसी कठिन पहेली नहीं बूझ सकते हम'।

और तो कुछ भी हो न हो, आकाश तो था ही। शुरू से था। उसके जादू का पता भी जल्दी ही चल गया था उसे। बल्कि कई-कई बार चला और हर बार ऐसे भूल गया जैसे हो ही नहीं। अब भी जब कभी आसमान को देखती है, उसी तरह चकित होती है जैसे पहली बार देखकर हुई थी।

चाहे बाबा से मार पिटी हो, चाहे बिन्नी से डाँट पड़ी हो, चाहे सन्ति से झगड़ा हुआ हो, पहली फुरसत वह पहुँच जाती छत पर या खुले बरामदे में और बैठ जाती आसमान के नीचे। घुटनों को दोनों हाथों से बाँधे देखती रहती थीं आसमान को, जैसे दुनिया से बाहर निकल आई हो आसमान में।

लोगों, मकानों, चीज़ों से ठसाठस भरी दुनिया पीछे छूट जाती। दुनिया का हाल तो ऐसा था कि बगल में खड़े आदमी तक पहुँचने के लिए हो सकता है दाहिने या बाएँ जाने वाली सड़क के सिरे तक जाकर, उतना ही वापस लौटना पड़े और इतना करके भी एक ही कदम का फासला तय हो पाए।

शिवा के चित्रों में कितनी गहरी 'स्पेस' है! मकानों से, लकीरों से घिरा खालीपन। कैसी राहत देता है वह इस ठँसमठँस में! ऐसा ही अफाट खालीपन कभी-कभी दिखाई देता है सफेद बादलों से घिरे आसमान में। इस गहराई का अंत कैसे हो सकता है?

अंत तो हर चीज़ का होता है एक न एक दिन। खुद ही सोचकर देख लो जो आया है वह जाएगा कि नहीं?

एक तरफ तो यह और दूसरी तरफ – पेले पीछे का क्या सवाल है? सब कुछ आदिकाल से है और अनादिकाल तक रहेगा। अजीब घालमेल है।

अंत यानी मौत और मौत के साथ उसका खुद का कोई लेना-देना भी हो सकता है, उसे कभी लगा ही नहीं।

अव्वल तो सोचा ही नहीं कभी कुछ मौत के बारे में, कि मौत यानी क्या? हमेशा टाले रही जवाब को और मौत के होने को भी, कि होगी मौत, हुआ करे। मेरी बला से।

दूसरी तरफ मौत के साथ दादा भी याद आते। गलती उसकी हो या किसी दूसरे की, दादा के रहते डाँट या मार हमेशा किसी दूसरे को ही पड़ती।

वे जब उसके सिर पर हाथ रखते तो उसे पता चल जाता कि दादा को असली मुजरिम का पता चल गया है। तब दोनों कसकर एक दूसरे का हाथ पकड़ लेते और झुलाते रहते अपने बीच उस झूले को।

हमेशा चलते-फिरते रहने वाले दादा एक दिन शाम को सोए तो सोते ही रहे, रात भर सोते रहे।

कितना सोएँगे? दादा को उठाओ न? दादा के सोने से वह तंग आ चुकी थी।

घीसा काका के जाने वाले थे शाम को।

विश्वा, इसे घीसा काका के ले जा।

नईं, हम दादा के साथ ही जाएँगे।

उसका तो मन कर रहा था कि दादा को पकड़कर झकझोर डाले, हाथ पकड़ कर खींचे। जब से एक ही रट लगा रखी है सो रहे हैं, सो रहे हैं। और सोते तो दादा रोज़ ही थे। रोज़ तो कोई उनको इस तरह घेरे नहीं बैठा रहता था।

कुछ न कुछ गड़बड़ी तो थी ही।

उसे पक्का पता था कि उसके पकड़ कर खींचते ही वे उठ खड़े होंगे और उसी के साथ छूमंतर हो जाएँगे वहाँ से। मगर जब कोई पहुँचने दे उसे दादा तक। जैसे ही वह उनके पास जाने लगती कोई उठाकर दूसरे कमरे में पहुँचा आता या पकड़ कर अपनी गोद में बिठा लेता।

कुछ भी पूछने पर वहाँ से खदेड़े जाने का खतरा था, इसलिए फिर चुपचाप देखती रही। दादा को जब बाँधकर ले जाने लगे तो वह भी चट से चल दी थी साथ में। माँ ने झपट्टा मारकर पकड़ा था उसे।

बहुतेरे हाथ-पैर मारे उसने। पर छूट नहीं पाई।

तुम यहीं रुको। अभी आएँगे दादा।

नहीं, मैं भी जाऊँगी दादा के साथ।

उँहूँ! तुम साथ जाओगी न, तो कभी वापस नहीं आएँगे दादा।

उसने तुरंत अपने हाथ-पैरों को ले जाकर अपनी अपनी जगह टिका दिया और कहा अब यहीं रहना, यहाँ से बिलकुल भी हिलना-डुलना मत। नहीं तो दादा कभी नहीं आएँगे। और अगर रोई, चिल्लाई या सवाल पूछे, तो भी नहीं आएँगे दादा, समझी?

कितने ही दिनों तक उसने ऐसा ही किया। न रोई, न चिल्लाई, न एक भी सवाल पूछा जबकि सवाल तो सैकड़ों थे। दादा तो तब भी नहीं आए। एक दिन वह फैल गई, खूब रोई, खूब चिल्लाई। 'तुमने झूठ बोला बताओ दादा क्यों नहीं आए बताओ' कहती हुई माँ को पीटती रही थी।

सब कुछ था ज्यों का त्यों; बाबा थे, माँ थी, आजी थी, विश्वा था, पेड़ थे, सूरज था, चाँद तारे थे सब कुछ था। बस नहीं थे तो एक दादा कहीं नहीं थे।

वह उन उन जगहों पर जाकर खड़ी या बैठी रहती जहाँ वह दादा के साथ जाती या बैठती थी। हर जगह उसकी बगल में एक खाली जगह होती थी। जब दादा थे तब उसकी बगल में खाली जगह नहीं थी।

फिर भी दादा का यों जाना उनकी मौत थी, यह तो उसे पता ही नहीं था।

जब से आँख खुली तब से देखती आई है कि हर साल पेड़ से पत्ते झड़ते हैं और हर साल नए आते हैं।

पत्ता टूटता है पेड़ से और उड़ जाता है; वह भी उड़ जाती है पत्ते के साथ।

पत्ता उड़ा डार की ओर –

अरे तितली?

पत्ता कि तितली? बोलो भई, जल्दी करो।

वह तो जो भी हो पर पत्ते के झड़ने को, पत्ते की मौत उसने कभी माना ही नहीं।

पकड़ने को बढ़ा हुआ हाथ खुला का खुला हवा में ठहर गया था। ऐसे जैसे अभी अभी हाथ से चिड़िया उड़ गई हो।

चिड़िया खुद ही तो आई थी और कितने दिनों से रह रही थी उस कमरे में। रोज़ जोड़े में आती थी। पूरब और उत्तरवाली दीवार के कोने में एक, पूरब और दक्षिणवाली दीवार के कोने में दूसरी। रोज़ रात को बैठी बैठी सोती थीं। आज तक, सोते में चिड़िया कभी लुढ़क कर बिस्तर में या जमीन पर गिरी नहीं थी। बिजली के तारों को ले जाने वाली लकड़ी की पोली पट्टियाँ कोने वाले जोड़ों पर कुछ चौड़ी थीं। पतले-पतले सींक से पैरों पर अपनी गुदगुदी देह लिए वे सो जाती थीं।

सुबह कमरा चीं चीं से भर जाता था। वे इस कोने से उस कोने तक उड़ रहे थे उधर से इधर, इधर से उधर ... जैसे कमरा चीं चीं की नदी हो और वे उसमें डूब-उतरा रहे हों।

पंखे की फट्‌ट के साथ ही बिस्तर पर धप्प हुई

बुद्धू को मरना ही था? दिमाग़ जब हो। पंखे के ऊपरवाले कप में घोंसला बनाए जा रही है तो बनाए जा रही है।

उसे रोकने के दो ही तो उपाय थे। या तो सारे खिड़की दरवाजे बंद रखो या फिर लगातार पंखा चलाए रखो कि तिनका लेकर पहुँच ही न पाए पंखे तक। कितना भी याद रखो कभी खिड़की-दरवाज़े खुले रह जाते, कभी पंखा बंद हो जाता। बस इसी बीच पहुँच जाते तिनके। पंखा

घूमे और तिनके भी घूमते हुए आ गिरें जमीन पर। इतने सारे संकटों के बावजूद उसने पंखे के प्याले में घोंसला बना ही डाला और अण्डे भी दे दिए।

एक बार यह बाहर जाए तो निकाल फेंको इसके अण्डों को! बुद्धू कहीं की! खुद भी मरेगी और बच्चे हो गए तो उनको भी मारेगी। वह हर समय भुनभुनाती थी। पर इसकी नौबत नहीं आई। एक दिन पंखे के ठीक नीचे वाले फर्श पर फूटा हुआ अण्डा पड़ा था। उसने ऊपर बैठी चिड़िया की ओर देखा जैसे पूछ रही हो आखिर गिराया न तुमने?

उसके बाद वह चली गई थी, तब से फिर अभी आई है चार महीने बाद।

तुम्हें कैसे पता चला कि यह वही है?

यह ठीक उसी जगह बैठी है आकर। उसके जाने के बाद उसने कभी उन कोनों की ओर देखा भी नहीं था।

इतना भी पता नहीं चलता कि पंखा चल रहा है; कि टकरा जाऊँगी। फिर भी चिड़िया का मरना पत्ते का झड़ना नहीं था और पत्तों का झड़ना उसे कभी पेड़ की मौत नहीं लगी।

चलो मान लिया कि यह पेड़ की मौत नहीं थी! पर क्या पत्ते की भी नहीं थी? जितना पत्ता पेड़ का, उतनी मौत पेड़ की।

झड़ा तो आखिर पत्ता ही!

इस एक पत्ते पर चिड़िया ने बीट की थी। पानी की कुछ ऐसी बूँदें उस पर गिरी थीं जो पहले कहीं और नहीं गिरीं।

इस पर से कितनी सारी चींटियाँ गुज़रीं, लगातार, कितने सारे दिनों तक। एक गुबरैला कीड़ा कितने दिनों तक रहा इस पत्ते पर। उसे कितनी बार अस्तु ने देखा था। कितनी कितनी देर तक देखा था।

इसकी बगल में लगे पत्ते को तोड़कर सन्ति ने पिपुड़ी बनाई थी। पिपुड़ी के एक सिरे को वह अपनी छोटी छोटी मुट्ठी से तब तक ठोकता

रहता था जब तक उसका मुँह इतना चपटा न हो जाता कि फूँक मारने पर वह बजने लगे। मुट्ठी मारते मारते वह लगातार बोलता रहता था: 'पिपि पिपि वाजजे, थारी माँ दूध दे, पिपि पिपि वाजजे, थारी माँ दूध दे।' जैसे कोई मंत्र फूँक रहा हो।

और तब, यह बात तो उसके दिमाग़ में आ ही नहीं सकती थी कि वह उस पत्ते की मौत थी!

जब दुनिया में कोई और चीज़ मरती ही नहीं, तो फिर आदमी ही क्यों मरता होगा? फिर फिर वही सवाल उठ खड़ा होता उसके मन में।

सन्ति का एक प्रिय खेल था।

कहीं पानी और चींटी साथ-साथ दिख जाते तो अपने आप ही शुरू हो जाता था उसका खेल।

अगर एक ही चींटी होती तो पानी में उँगली डुबोकर वह उसके गिर्द एक छोटा सा घेरा बनाता।

और कई होतीं तो पानी फर्श पर गिराकर उँगली से रेले को बहाते हुए बड़ा सा घेरा बनाता। चींटी घूमती जाती, चलते-चलते रेले की दीवार की ओर मुँह करके खड़ी हो जाती और पैर से रास्ता टटोलती – 'ये दरवाज़ा तोडूँगा छुर्रा लेके मारूँगा।'

मगर दरवाज़ा जब हो।

आकाशमार्ग से उड़ती हुई मक्खी गुज़री।

चींटी बोली 'मक्खी, मक्खी अपने पंख दे दे। एकी बार दे दे न! फिर कभी नहीं माँगूँगी।'

मक्खी ने सुना ही नहीं। वह तो अपनी मौज में उड़ती हुई निकल गई।

चींटी फिर घूमने लगती। फिर वह पानी कुड़ेल देता। चींटी पानी में तैरने लगती। रेले की पीठ पर सवार चींटी बह जाती रेले के साथ और

वह चींटी के साथ। उसे कभी यह तो सूझा ही नहीं कि यह चींटी की मौत थी। मगर अस्तु थी कि चढ़ बैठी सन्ति पर, तू तो बिलकुल ही पत्थर है। बिचारी चींटी की तो जान जाती है और तुझे मज़ा आता है?

पागल है। मज़ा जान जाने में थोड़े ही आता है? दरअसल यह जान-वान की बात तो अपनी खोपड़ी में आती ही नहीं।

और जान अपनी हो तो?

जाने दे न यार, बात जब जान की है ही नहीं। तेरी बुद्धि में नहीं आएगी।

बड़ा आया बुद्धिवाला!

हाँ तो बता बुद्धि से बड़ा क्या है? बुद्धि से ही तो बनाई आदमी ने इतनी सारी चीज़ें, साईकिल, रेल, किला, टेलीविज़न, स्पूतनिक।

बस? हमारे हनुमानजी को तो न विमान लगता है, न स्पूतनिक, न किला। वे तो अपनी पूँछ से ही बीच आसमान से कुंडली मारते-मारते उतरते जाते थे और किला बनता जाता था। जब पूरा बन जाता तो बाहर आकर ऐसे खड़े हो जाते जैसे अपने घर के सामने खड़े हों।

तू कर सकता है ऐसा, अपनी बुद्धि से? तो मान जाऊँ तेरी बुद्धि को।

बेचारा! तेरी बुद्धि में तो चींटी के मरने की बात तक नहीं आती। कहते-कहते उसने मन ही मन अपने को लताड़ा। सन्ति को छोड़, पत्ती का झड़ना तुझे कभी उसका मरना लगा? मच्छर को तो कितने फटाक से मारती है और मकान का ढहना या पहाड़ का कटना कभी मकान की या पहाड़ की मौत लगी तुझे?

फिर आदमी के मरने को ही क्यों मौत माना जाए?

तो मत मानो!

यहाँ कौन मनवाने बैठा है कि यही मानो, कि यही करो; कि यह मत करो कि वह मत करो। मसलन बी – प्रपात की ही बात ले लो।

किसने रोका था तुझे कि प्रपात में मत नहा और किसने बुलाया था उत्तरा को कि आ तू प्रपात में नहा, हमारे साथ?

भोंदू की तरह बैठी रही चट्टान पर! कितना समझाया बेवकूफ को पर टस से मस नहीं हुई। प्रपात के नीचे खड़े होकर नहाने की बात उसे असंभव सी लगी। लालच से देखती रही वह उत्तरा को नहाते।

उत्तरा ऐसे खड़ी थी धार के नीचे, जैसे धार ही हो। धार के सिवा कुछ और हो ही नहीं। जैसे एक वह थी और एक धार थी; या सिर्फ धार ही थी, वह भी नहीं।

इस समय, कोई भी उसका कुछ नहीं बिगाड़ सकता था। न कोई उसे लूट सकता था, न मार सकता था, न काट सकता था।

इस समय तो हवा कटे तो वह कटे, पानी कटे तो वह कटे।

कुछ लोग उससे पहले ही नीचे पहुँच गए थे, इसलिए पहले ही प्रपात की ओर भी बढ़ लिए थे।

चक्करदार ढलुँआ रास्ता जहाँ खत्म हुआ वहाँ उसके दाएँ हाथ पर दीवार थी और बाएँ हाथ ऐन सामने प्रपात।

प्रपात का मतलब हर बार चचाई नहीं। समझी? उसने अपने को टोका लेकिन प्रपात – बोलने पर उसे हर बार चचाई ही दिखाई देने लगता था। कितनी ऊपर से गिरती है पूरी नदी कि नीचे पहुँचने तक फुहार फुहार हो जाती है। नदी के धार में और धार के फुहार में बदलने की आवाज़ पूरे जंगल में सुनाई देती है। प्रपात यानी नियागरा भी। चौड़ाई में फैली हुई नदी छोटी सी कूद लगाती है। इसी छोटी सी कूद का नाम है नियागरा। जैसे किसी ने बगरा दिया हो दूर दूर तक। पांडव और बी – प्रपात तो धाराओं में गिरते हैं। अलग-अलग धाराएँ गिनी-चुनी। लेकिन सहस्रधारा के तो सहस्रों प्रपात छोटे छोटे।

खड़ा तो उसे चचाई के नीचे ही होना है लेकिन पहली बार जिस प्रपात के नीचे खड़ी हुई वह था, पाँच फिट दो इंच की अस्तु के कंधे

से गिरने वाला सहस्रधारा का एक प्रपात। लेकिन तुम अगर उसे पूछो कि चचाई यानी क्या? तो हो सकता है उसका जवाब हो –

चचाई, यानी कोई मकान हिल रहा हो और पता हो कि कभी भी गिर सकता है, फिर भी उसकी सीढ़ियाँ चढ़ते जाना, फलाँगते हुए चढ़ना और चढ़ते-चढ़ते भूल जाना कि वे कहीं जा रही हैं कि, सीढ़ियाँ कहीं हैं। कि, वह चढ़ रही है, कि उतर रही है।

पहले यह बताओ कि सीढ़ियाँ ऊपर जा रही हैं या नीचे आ रही हैं? ये ऊपर ही जा रही हैं ऐसा कैसे कहा जा सकता है? वे नीचे भी तो आ रही हो सकती हैं?

ऐसा हो तो सकता है, मगर इस समय वे ऊपर जा रही हैं।

या तुम नीचे जा रही हो?

कुछ भी हो सकता है। मैं नीचे जा रही हो सकती हूँ, सीढ़ियाँ ऊपर को जा रही हो सकती हैं।

अच्छा चलो, मान लें कि सीढ़ियाँ ऊपर को जा रही हैं, तो ऊपर को कहाँ? घरों में? छतों पर? आसमान में?

तुम क्या चाहती हो? वे कहाँ जाएँ?

सीढ़ियाँ ऊपर को जा रही हैं घर में, हड़बड़ाती हुईं, अधीर। घर को देख कर चौंक उठती है वह। लुटा-पिटा सा खामोश बैठा था घर, जैसे उसके सीढ़ियाँ हों ही नहीं।

हो सकता है हड़बड़ाई सीढ़ी के सिरे से गिर पड़े घर। या लगातार गिरता ही रहे धार की तरह।

प्रपात कई धाराओं में गिर रहा था।

उत्तरा धीरे धीरे चलती हुई जाकर उस धार के नीचे खड़ी हो गई थी जो कुछ अधिक तेज़ी से गिर रही थी और मोटी भी काफी थी। दूसरे लोग भी अपनी-अपनी धार के नीचे खड़े होकर नहा रहे थे। तेज़वाली वह मोटी धार खाली ही थी। जैसे उसी के लिए छोड़ दी गई हो।

उत्तरा कुरते-पाजामे में थी और वैसे ही खड़ी हो गई थी धार के नीचे जाकर। कितना लालच हो रहा था उसे खुले आसमान के नीचे धार में नहाने का, मगर बैठी रही थी चट्टान पर जैसे चट्टान पर जड़ी हुई हो।

वहाँ तो कोस्टयूम-ऑस्टयूम का भी कोई लफड़ा नहीं था।

□

तैरना सीखने जाने वाले दिन को भी एक ऐतिहासिक दिन माना जा सकता है। माँ ने बाबा ने, आजी ने किसी ने भी एक बार भी नहीं रोका था उसे तैरने जाने से।

उसने फौरन से फीस ले जाकर जमा करा दी और पहुँच गई थी बाथ में।

नदी या समुद्र तो नहीं था। एक छोटा सा लंब चौरस कुंड था। उसमें उतरा हुआ आसमान भी अब लंब चौरस था। उसके नीले पानी का तल ऐसे दिखाई दे रहा था, जैसे वह सतह पर ही हो। जो भी हो, पानी तो वह था ही। स्टीमर या नाव की बात तो फिर भी अलग है, सीधे पानी में होना, यानी ... वह पानी के सामने खड़ी रह गई थी। ऐसे, जैसे पानी में खड़ी हो।

एइ चल न, खड़ी क्या है? कपड़े बदल, तैरना नहीं है?

हाथ में कपड़े लिए वह बाथरूम में घुस गई। कॉस्टयूम को खोलकर समझने की कोशिश की कि उसे कैसे पहना जाए, सिर से या पैर से? पहन लेने के बाद लगा जैसे उसने कपड़े पहने ही न हों।

चल यार, कितनी देर लगा रही है कपड़े बदलने में? उत्तरा ने हाँक लगाई। वह बंद दरवाज़े के पीछे खड़ी थी, हाथ चिटकनी पर था।

खोलने के लिए या बंद करने के लिए? यह तो हाथ को भी पता नहीं था, खुद उसे तो कहाँ से होता।

अभी आ रहे हैं यार, जल्दी मत मचाओ। समस्या मुश्किल थी। जिन कपड़ों को पहनकर लगे ही नहीं कि कपड़े पहने हैं, उनको पहनकर

बाहर कैसे निकल जाएँ? तू कोई न्यारी है क्या? सब नहा रहे हैं कि नहीं?

बात कपड़े की नहीं है।

सच पूछो तो बात कपड़े की उतनी थी भी नहीं।

फिर काहे की थी? यही तो पता नहीं है।

मगर बात हमेशा दूसरी ही होती है इतना तो पक्का।

अभी भी, जब कभी नहाने जाती है बाथरूम में, चाहे दिन में एक बार नहाए चाहे तीन बार, कमोबेश हर बार ही उसे लगता है हो सकता है, किसी दिन वह ऐसे के ऐसे ही बाहर निकल आए बिना कपड़ों के।

ऐन मौके पर चौंक उठती, देखा बच गई। वर्ना अभी निकल ही गई थी, ऐसे के ऐसे।

उस दिन वह कितनी देर तक चिटकनी को पकड़े दरवाज़े के पीछे खड़ी रही थी!

निकल न क्या कर रही है भीतर? बिन्नी और उत्तरा ने दरवाज़े भड़भड़ाने शुरू किए तो घबड़ाकर उसने चिटकनी छोड़ दी, कॉस्टयूम उतार फेंका। जल्दी से फिर अपनी सफेद-नीली ड्रेस पहन कर बाहर निकल आई।

क्या पागल है! अभी तक कपड़े भी नहीं बदले? क्या कर रही थी?

कपड़े बदल रही थी – वह कहती भी, तो कोई न मानता।

ए बुद्धू, क्या हुआ? तैरना नहीं सीखेगी? कितने दिन से तो कूद रही थी – तैरना सीखेंगे – तैरना सीखेंगे और अब क्या हुआ?

अव्वल तो उसे बिलकुल भी उम्मीद नहीं थी कि तैरना सीखने जाने की छूट उसे मिल जाएगी। वह तो मानकर चल रही थी कि ऐसा तो कभी होगा ही नहीं और तैरना उसे कभी आ ही नहीं पाएगा।

उत्तरा तैरना सीखने जाने वाली है – बिन्नी भागती हुई आई थी। मेरे से भी बोल रही थी चलने को।

तो?

तो क्या? मैंने बोल दिया हो सकता है बिन्नी को जाने को मिल जाए, अपने को कौन जाने-देने वाला है?

जा तू भी जा न। तेरे को किसने रोका है? चौके से निकलकर माँ की आवाज़ दोनों के बीच आ खड़ी हुई थी।

पहले तो उसे यकीन ही नहीं आया, जैसे आकाशवाणी हुई हो। कहीं माँ मज़ाक तो नहीं कर रही?

उसने तो कभी सोचा ही नहीं था कि मामला इतनी सेंत में निपट जाएगा। एक बार इजाज़त भर मिल जाए, फिर तो बस तैरना आ ही गया समझो।

उसके मुँह में पानी आ गया।

और एक बार तैरना आ गया मतलब एक ठिकाना और मिल जाएगा। फिर तो घंटों पानी में रहा जा सकता है। नदी के तल में जाकर लेट जाया जा सकता है, तल और सतह के बीच के सारे इलाके को नापा जा सकता है, कभी सतह पर फिसला जा सकता है।

उसने कभी सोचा ही नहीं था कि इजाज़त के बावजूद भी कोई कठिनाई पैदा हो सकती है। कपड़ों-लत्तों की बात पर तो उसका ध्यान कभी गया ही नहीं, कि उनको लेकर भी ऐन वक़्त पर कोई बखेड़ा खड़ा हो जा सकता है।

और आजी ने जब कहा कि औरत मोक्ष नहीं जा सकती!

अब पूछो कि क्यों नहीं जा सकती?

क्यों कि वह अंतिम कपड़ा नहीं फेंक सकती।

बस? अगर एक कपड़े के फिंकने न फिंकने पर ही टिका हो तुम्हारा मोक्ष तो रखो अपने पास, हमको नहीं चाहिए। उसने आजी की ओर

ऐसे पीठ फेर ली जैसे मोक्ष की ओर फेर ली हो। तब भी उसे पता ही नहीं था कि कपड़ों को लेकर भी कोई संकट पैदा हो सकता है?

बल्कि, तब तो उसे लगा था जैसे वह ऐसी स्थिति को प्राप्त हो चुकी है जब कपड़ों का बदन पर होना न होना कोई मायने नहीं रखता।

जबकि यह बहुत संभव है कि वह चादर ओढ़ कर सोई हो और कोई उसकी चादर खींच ले तो वह हड़बड़ाकर उठ बैठे अपने बिस्तर पर। जैसे किसी ने उसके कपड़े खींच लिए हों। मानो वह कपड़े पहनकर नहीं, ओढ़कर सोई हो।

मगर बाथ में तो कपड़े ऐन वक़्त पर ऐसे चिपक गए बदन से, जैसे वे उसकी खाल हों।

नहाने जाने पर कितना भी लगता रहा हो, ऐसा हुआ कभी नहीं कि बिना कपड़ों के वह बाहर निकल आई हो।

घर से बाहर निकलते हुए अक्सर बड़बड़ाती पाई जाती है। उफ् यह घर! लगातार इसमें रहो तो चिपक जाता है बदन से। कहीं सच में ऐसा हुआ तो?

घबड़ा कर एक दिन वह घर को मीलों दूर के शहर में बंद करके छोड़ आई, आस-पास के मकानों के घेरे में। ख़ुद जा पहुँची पहाड़ पर और सोच लिया कि बस अब घर से उसका पिंड छूट गया कि अब कोई ख़तरा नहीं घर से।

□

होटल का वह कमरा जिसमें अब तक पता नहीं कितने, किस-किस तरह के लोग रहे होंगे, सोए होंगे, इस वक़्त उसका घर था।

जो लोग यहाँ रहे होंगे उन्होंने भी इस कमरे की खिड़की से पहाड़ देखे होंगे। हो सकता है लछमा ने कभी भी उस तरह पहाड़ों को न देखा हो जैसे उसने देखा था रात-दिन, किसी भी समय देखा था।

लछमा तो सारे समय काम में लगी रहती चाहे घर में हो या खेत में और उसके चारों ओर होते थे पहाड़, वह उन्हें देखे या न देखे।

अब यह कमरा नंबर ग्यारह पिछले चार दिनों से उसका घर था। पहाड़ पहली बार गई तब वाले घर से, पहाड़ों की इतनी तहें नहीं दिखाई देती थीं।

इस बार वाले घर के सामने, अगल-बगल दूर-दूर तक पहाड़ ही पहाड़ बिछे थे उनके पीछे बादलों में छिपा था एक चमत्कार, जिसे खुद न देखो अपनी आँखों से, तब तक यकीन ही न आए उनके होने पर। उनके बारे में कितना कुछ पढ़ा था, कितने चित्र और तस्वीरें देखी थीं। फिर भी उसने नहीं सोचा था कि वह वैसा होगा जैसा उसने उसे देखा।

पानी से जैसे पृथ्वी निकल रही हो। बाहर बर्फ की चोटियाँ समुद्र में तैरती हुईं, फिर पहाड़ और फिर समुद्र ही समुद्र। पहाड़ों को देखकर जो उदासी बैठती जाती है भीतर, इन बर्फीली चट्टानों की उपस्थिति में जैसे गायब हो जाती है।

पहले वाले घर के सामने एक काली चट्टान अड़ी थी उसके और पहाड़ों के बीच। यह घर काफी ऊपर है खुले में। पहलेवाला पहाड़ की निचली ढलान पर था।

– आप घर आइए न।

क्या यहाँ आपका घर है?

वह क्या कह रही थी अभी अभी, कि यहाँ उसका घर है! उसने सकपका कर देखा था मास्टर सा'ब को।

नहीं नहीं, वैसा घर नहीं है मेरा यहाँ। मेरा मतलब वहाँ से था जहाँ मैं रह रही हूँ और ऐसे देखा जाए तो उस तरह से भी, वह उसका घर कहाँ था? यहाँ वह कई सारे काम नहीं करती थी जिन्हें घर में लगभग रोज़ ही करती है। जैसे खाना बनाना, दफ्तर जाना, बाज़ार जाना, पानी भरना। काम के नाम पर नहाओ, धोओ, किसी भी समय, कुछ भी खा पी लो, बैठे रहो, घूमो, पहाड़ों को देखो, देखते रहो घंटों।

उसके शहर में तो बहुमंज़िला इमारतों से दूर-दूर तक पटा है आसमान और यहाँ तो ढलानों पर लुढ़के से पड़े हैं छोटे-छोटे खिलौनों के से घर।

जैसे यहाँ अभी शुरूआत हो रही हो और उस शुरूआत में वह कमरा उसका घर हो। एक ऊँची पहाड़ी पर बैठा हुआ घर, घूम घूमकर देख रहा था अपने चारों ओर। बस पहाड़ ही पहाड़ थे और पहाड़ों पर थे जंगल। कहीं बाँझ, कहीं देवदार, कहीं चीड़।

आए के दिन से सड़क के उस मोड़ ने उसे पकड़ लिया था। वह उसका पहला मुकाम था उस शहर में। वह ठहर गई थी। देवदार के पेड़ों से ढँकी ढलानों के तल में। चारों तरफ देवदार के बड़े-बड़े पेड़ों का घेरा। ऊपर के सिरे पर बहुत दूर आसमान का गोल टुकड़ा। उसे लगा जैसे वह गहरे कुएँ के तल में खड़ी हो। खाली कुआँ, जिसकी दीवारें ठोस काले पेड़ों और बीच से रिसती चाँदनी की झिरी से बनी थी।

सारे पेड़ घुम्मर बना कर घेरे में घूम रहे थे। वह भी घूमने लगी उनके साथ-साथ घेरे में।

घूमते-घूमते जंगल उससे लिपटता गया और वह खुलती गई, खुलती गई जैसे वह एक लपेटा हो और जिसका कोई सिरा न हो।

कहाँ है सिरा?

बुद्धू। गोलवाली लकीर का भी कोई सिरा होता है?

जब वह उस कमरे में पहुँची तो कमरा लगभग खाली था। उसकी अटैची और सूटकेस भी अभी कमरे में दाखिल नहीं हुए थे। उस कमरे में वह पहली बार गई थी और यह भी संभव है कि दोबारा कभी वह उस कमरे में न जाए।

बहादुर ने बढ़कर खिड़कियाँ खोल दी थीं। वह चहलकदमी करती हुई जाकर खिड़की पर खड़ी हो गई। सींखचों के पार ढेर सारा आसमान और पहाड़ ही पहाड़ थे। वह अपने कमरे में बैठकर पहाड़ों को देख सकती है, अपने बिस्तर पर लेटकर भी देख सकती है। खिड़की के पास वाले कोने में एक मेज़ और कुरसी होनी चाहिए उसने सोचा।

दरवाज़े को ठेलता हुआ एक पलंग कमरे में दाखिल हुआ और खिड़की के सामने वाली दीवार से सटकर बिछ गया। पलंग के साथ-साथ गद्दा, कंबल, तकिया भी चले आए।

घर होता तो यह सारी व्यवस्था भी उसे ही करनी पड़ती।

बहादुर ने अब उसके सामान को भी लाकर कमरे के बीचोबीच रख दिया था। पानी-वानी की व्यवस्था करने वह फिर चला गया। गुड्डा गुड्डा सा नेपाली सुबह से शाम तक काम में जुटा रहता। सारे ग्राहकों को ऐसे खाना खिलाता जैसे वे सब उसी के मेहमान हों।

उसने अपना बिस्तर खोलकर चादर निकाली और गद्दे पर बिछा दी।

दीवार में बनी अलमारी को खोला। एक लंबा सा वार्ड रोब, दो, तीन दूसरे खाने भी। कमरे को टटोल कर, अपने सामान के लिए नये सिरे से जगहें तय करती हुई वह सामान रखती जा रही थी।

जब अपनी थोड़ी सी चीज़ों को जगहों पर रख दिया तो उसने कमरे के बीचोबीच खड़े होकर देखा कमरे को और वह चकित रह गई थी यह देखकर कि वह लगभग उसका घर था।

थोड़ामोड़ा घर तो यों भी वह जहाँ कहीं रहती पहुँच जाता। चाहे वह किसी दूसरे शहर में हो, होटल के किसी कमरे में हो या रेल के डिब्बे में बैठी हो या पेड़ के नीचे बस का इन्तज़ार करती खड़ी हो, घर उसके आस ही पास कहीं होता था उसकी पहुँच में।

सुबह वह घूमकर लौट रही थी, घर की तरफ। हालाँकि घर अभी दूर था लगभग आधे घंटे की दूरी पर। बीच में कई रास्ते थे। कई मोड़, कुछ गलियाँ और एक मुख्य चौराहा – बल्कि छराहा।

वह तेज़ तेज़ चले तो भी पच्चीस मिनट तो कम से कम लग ही जाएँगे।

उसे पीछे से धकियाती हुई तेज़ हवा चलने लगी। उस सड़क के एक मोड़ पर यों भी हवा काफी तेज़ रहती थी।

पहले तो उसे लगा कि वह अभी उसी मोड़ वाले इलाके से गुज़र रही है। वह इलाका इतनी दूर तक फैला हुआ तो नहीं था! आज तो ऐसा लग रहा था जैसे वह फैलता ही चला जाएगा और हवा उसे पीछे से धकियाती हुई आगे बढ़ाती ही जाएगी। कुछ देर तक तो वह ठिलती रही फिर पलटकर खड़ी हो गई।

अब उसके कपड़े, उसके बाल पीछे को उड़ रहे थे। घर की दिशा में, और वह खड़ी थी अपनी जगह।

हवा उसे अब भी धकिया रही थी। आगे से जैसे कभी-कभी टिन्नी धकियाती है। कुछ देर तक इसी तरह खड़े रहने के बाद वह दौड़ने लगी पहले धीरे-धीरे, फिर तेज़ तेज़। उसके बाल और कपड़े उतनी ही तेज़ी से घर की दिशा में उड़ते रहे और वह एकदम ही उल्टी दिशा में दौड़ती रही घर से दूर। बस उसी दिन दौड़ते हुए भूल गई थी उसे घर के होने

के बात। किसी भी घर के कहीं भी होने की बात। जैसे ऐसा कुछ कहीं हो ही नहीं। न घर, न पति, न बच्चे।

उसे लग रहा था जैसे वह पानी के भीतर दौड़ रही है, चारों तरफ पानी ही पानी। जबकि यह सच है कि तैरना तो उसे आता ही नहीं। फिर भी – 'तुलसी देखी तोड़े पान, पाणी देखी करे स्नान' – की तर्ज़ पर कहा जा सकता है कि हर बार पानी को देख कर ही कूद लगा बैठती है। यह बात तो उसके भेजे में आती ही नहीं कि डूब जाएगी।

उसे पूरा यकीन है कि पानी में कूद पड़ने पर तैरना अपने आप ही आ जाएगा। 'करके सीखो' टिन्नी की एक किताब है। उसे एक बार पानी में कूदकर देखना चाहिए। कूदने के लिए क्या ठीक रहेगा? बावड़ी? कौन सी वाली? जंगलवाली कि गाँववाली? या फिर नदी? उसे गंगा वाली फिल्म याद आई। अपने में उमेठती, उफनती, टूटती नदी पर नाचती, उलटती, पलटती नाव को देखकर उसे लगा था जैसे वह नाव न होकर अस्तु हो। उसने देखा था, नाव डूबी नहीं थी, मुख तक पहुँच गई थी।

नाव तो हो सकता है, डूब भी जाए। लेकिन उसे पक्का पता था, कि पानी उसे डुबा नहीं सकता और बकौल सन्ति के आसमान उसे क़ैद नहीं कर सकता। फिर भी घर के बारे में, ऐसा कोई दावा वह नहीं कर सकती कि घर उसे दबोच नहीं सकता; कि घर उसे बचा सकता है ऐन वक़्त पर ...

बल्कि घर से जब बाहर होती है तो उसे लगता है कि उसका कोई कुछ भी नहीं बिगाड़ सकता। वह बाहर रहेगी तब तक बची रहेगी। घर में तो कुछ भी हो सकता है।

आजी का पक्का विचार था कि एक लड़की को कहीं पर भी अकेले नहीं होना चाहिए। घर में भी नहीं –

हालाँकि उनके हिसाब से भी घर को एक सुरक्षित स्थान माना जा सकता है। बाहर तो बाहर ही है और ख़तरनाक लोगों से पटा पड़ा है,

वहाँ तो कुछ भी हो सकता है। जैसे बाहर जो लोग थे उनका कोई घर नहीं था।

उन दिनों तो अकेले होते ही वह डरना शुरू कर देती थी, जैसे अकेले होते ही उस पर विपदा टूट पड़ने वाली हो। कमरे में अगर वह अकेली हो तो कमरे के खालीपन से भी कोई ख़तरनाक आदमी पैदा हो सकता है।

तब तो खालीपन से कोई अच्छा आदमी भी पैदा हो सकता है?

ऊँहूँ, हो सकता हो तो भी होगा नहीं। हुआ तो वह खतरनाक ही होगा।

घर में अकेली होती कि उसे लगता, कोई दूसरा भी घर में है ज़रू र, चाहे उसे दिख न रहा हो और वह उसे लगातार पहरा रहा है। पलक भी नहीं झपकाता; कहीं उसी बीच वह पैर न फैला ले कि साँस न ले ले।

वह साँस लेने से भी बचती रहती, जैसे कोई कान लगाए तैनात हो उसी की साँस सुनने के लिए और उसके साँस लेते ही पता चल जाने वाला हो कि वह जग रही है। साँस को वह अपने भीतर ही गाड़ देती कि न आए न जाए गड़ी रहे अपनी जगह। जैसे वह सोते में साँस न लेती हो, इसी तरह गाड़ देती हो।

सारे खिड़की दरवाज़े बंद हों, कहीं से एक मक्खी या मच्छर तक के घुस आने की कोई संभावना न हो तब भी उसे लगता वह एक ख़तरनाक आदमी कमरे में आ सकता है। उसकी बचत तो तभी तक है जब तक वह सोई है। जागी नहीं कि दबोच ली जाएगी। कहीं जग न जाऊँ इसी की निगरानी में वह सेंक रात जगी थी।

वह रात का मौका था उसने बत्ती बुझाकर कमरे में लालटेन जला दी थी कि कमरे में उजाला होने पर कम से कम वह देख तो सकेगी कि कोई है तो नहीं भीतर। आँखें फिर भी मूँदे रही। देखने वाले को

पता नहीं चल सकता कि वह जगी है। मौका पड़ने पर देख तो सकती है कि कमरे में कौन है? होगा तो वह ख़तरनाक आदमी ही, लेकिन पता तो चले कि वह होता कैसा है?

आँखें मूँदे मूँदे ही उसे ख़याल आया था कि रोशनी होने से कमरे में कौन है यह तो देखा जा सकेगा, मगर कमरे के बाहर अँधेरे में कोई हो और खिड़की के पल्लों के जोड़ से या दरवाज़े की फाँक से भीतर झाँक रहा हो यह भी तो हो सकता है?

उन दिनों कुंडी ऐसी लगती थी कि बंद दरवाज़ों को आगे-पीछे धकिया कर बीच में दरार डाली जा सकती थी और उस में से घर की एक फाँक नज़र आ सकती थी। उस फाँक में से उसको सिर्फ मैं ही मैं दिख रही होऊँगी और वह ताक में बैठा होगा कि कब मैं जागूँ और कब वह झपटे।

सो रहना ही एकमात्र बचाव है।

वह रात भर एक ही करवट, एक ही जगह हाथ-पैर रखे पड़ी रही। हर वक़्त लगता रहा कि बाहर वाला वह ख़तरनाक आदमी कभी भी कमरे में आ सकता है, बल्कि वह भीतर ही है। कमरे में उजाला है। आँख खोलते ही वह उसे दिख जाएगा। वह भी उसी को देख रहा होगा और वह देखती हुई पकड़ी जाएगी। उसे पता चल ही जाएगा कि वह जगी है। फिर तो बस –

इसलिए सोती रहो, एक ढेरी की तरह बिल्कुल गुड़ीमुड़ी। किसी को भी पता न चले कि यह एक लड़की है, कि यह एक गठरी भी हो सकती है।

लेकिन वह ख़तरनाक आदमी कमरे के खालीपन से, अँधेरे से, उजाले से, खाट से, दीवार से कहीं से भी कभी पैदा हुआ ही नहीं।

काकड़ी भुट्टा खाओगा?

नारबाबो आवेगा तो डरो तो नी गा?

नहीं।

नारबाबा को उसने बहुत ढूँढा पर वह तो उसे कहीं दिखा ही नहीं। खेत में चारों ओर छोटी छोटी ककड़ियाँ लगी थीं और दूसरे में भुट्टे। वह खेत में घुसती ही चली गई। बस भुट्टे थे, ककड़ियाँ थीं और वह थी। जितनी मर्ज़ी खाओ। दोनों दोनों हाथ से तोड़ो और खाओ। न कोई जल्दी है न कोई कमी है। पूरा खेत बिछा पड़ा है। बल्कि यही एक इकलौता खेत थोड़े ही है, लगे लगे तमाम खेत ही खेत तो हैं। न मुझे कहीं जाना है न खेत को। पहले गिन तो लूँ, कितने भुट्टे हैं खेत में और कितनी ककड़ियाँ।

पहली ही ककड़ी जो दिखी उसे हाथ बढ़ाकर तोड़ लिया और चबाती हुई दूसरी की ओर लपक ली। फिर तो खेत भर में, बल्कि एक खेत से दूसरे में और दूसरे से तीसरे में ककड़ी-भुट्टों की गिनती लगाती घूमती-खाती-घूमती रही। नारबाबा के कहीं होने की बात तो उसे एकदम सिरे से भूल ही गई। खेत में ऐसे घूम रही थी जैसे वे उसी के हों और नारबाबा भी उससे पूछे बिना खेत में घुस न सकता हो। जब मन करता घुस जाती खेत में, कोई सा समय हो, कोई सा मौसम, चाहे सन्ति साथ हो, चाहे न हो।

उस शाम घर लौटी तो माँ ने उसे चेताया। इतनी-इतनी देर तक खेत में मत भटका कर।

क्यों?

हर बात में यह 'क्यों' क्या होती है?

ऊँहूँ पहले बताओ कि क्यों?

क्यों क्या? कभी कोई पकड़कर मार डालेगा और फेंक देगा कुएँ में या गाड़ देगा। वहीं के वहीं खेत में। माँ अधिक से अधिक इतना ही कह सकती थी।

झूठ, झूठ, झूठ! मैंने किसी का क्या बिगाड़ा है? ऐसा कोई क्यों करेगा?

ओफ्फो! तेरी यह 'क्यों'? चल निकल यहाँ से। जा, जो करना हो कर।

सन्ति ने तो सिर्फ नारबाबा का ही हाऊ दिखाया था, पर माँ ने तो एक बिलकुल दूसरे ही किस्म का हाऊ छोड़ दिया था।

वह सकपकाई ज़रूर थी, कम से कम उस समय तो निश्चय ही। और तब से कुछ चौकन्नी भी रहने लगी थी कि कहीं कोई छिपा न बैठा हो खेत में।

हालाँकि उसे माँ की बात पर सिरे से यकीन नहीं आ रहा था कि बिना वजह कोई क्यों उसे मारकर कुएँ में फेंक देगा?

खेत में दाखिल होते समय अपना ही यह सवाल डंडे की तरह उसके पास होता। पहले की तरह उसका मन ककड़ी और भुट्टों में रम नहीं पाता था, अब वह आसानी से ककड़ी या भुट्टा नहीं बन पाती थी, अक्सर अस्तु की अस्तु ही रह जाती है, जीती जागती अस्तु, जो अब ठीक से सो भी नहीं पाती और सोती है तो भी गाफिल नहीं सोती,

'गाफिल नहीं रहेना, नहीं रहेना' ...

जब कई दिनों तक कोई नहीं निकला खेत से, न किसी ने उसे पकड़ा, न मारा, न कुएँ में फेंका, न गाड़ा और वह इन्तज़ार करते करते थक गई तो उसने उबासी ली। उबासी लेते समय हर बार उसकी आँखें मुँद जातीं, जैसे मुँह खुलता है तो ऐवज में किसी न किसी अंग को तो बंद होना ही चाहिए। इसलिए हर बार यह काम आँखें कर लेतीं। माँ ने यूँ ही डरा दिया होगा। ऐसा भला कोई क्यों करेगा? उबासी के बाद बदन को तोड़ती हुई वह बड़बड़ाई।

अतुल के यहाँ से लौटते हुए जब वह मकान के फाटक से बाहर निकली तो उसे हेमंत आता हुआ दिखाई दिया। लंबी-चौड़ी-खाली सड़क पर वह बहुत छोटा सा दिखाई दे रहा था। पिछले कितने सारे दिनों से नहीं देखा उसने हेमंत को! उसके होने की बात उसे भूल गई। यानी इस

बीच उसकी दुनिया हेमंत-विहीन रही और उसे पता भी नहीं चला! बल्कि अभी महीने डेढ़ महीने की ही तो बात है उसने शहर भर में जोर-शोर से हेमंत की ढूँढ मचा रखी थी। अगल-बगल से गुज़रते या आमने-सामने से आते-जाते हर स्कूटर को देखती कि उस पर हेमंत सवार न हो। इस प्रक्रिया में कई दिनों तक वह सुबह दफ़्तर और शाम को घर देर से पहुँची। लायब्रेरी, केन्टीन, किताबों की दुकान, उसके सारे ठिकानों को उसने छान मारा था। उसे एक किताब की ज़रूरत थी जो बाज़ार में नहीं मिल रही थी। एक हेमंत ही था जो उसे प्राप्त कर सकता था। मिलेगा तब बोल दूँगी, याद से। उसने हेमंत की खोज को समाप्त करते हुए सोचा। पहले तो उसका मिलना मुश्किल, फिर ख़ुद उसका याद रखकर बोलना मुश्किल और इससे भी मुश्किल उसका याद रखकर लाना। उस बीच मगर वह सिरे से नदारद रहा और उसे किताब के बिना ही अपना काम चलाना पड़ा।

तुम कितने दिनों से दिखे नहीं?

क्यों? मैं तो यहीं था।

यहीं मतलब?

यहीं मतलब यहीं। कहीं भी केन्टीन में, किताबों की दुकान में, घर पर, लायब्रेरी में –

और स्कूटर पर?

हाँ काफ़ी देर के लिए स्कूटर पर भी।

बाप रे! पिछले महीने कहाँ नहीं ढूँढा तुम्हें?

जैसे मैं सुई होऊँ

सही में!

अरे तो आप घर आ जातीं!

जब मय स्कूटर के अपने किसी भी ठिकाने पर नहीं मिले तो घर पर मिल जाओगे इसका क्या भरोसा? और फिर तुम्हारा तो घर ही किसने देखा है?

इसी बहाने देख लेतीं।

वह हँसने लगी। पता जब कोई एक हो। तुमने जितने घर बदले सब के पते किसी न किसी डायरी में दर्ज़ हैं और ठीक-ठीक याद भी नहीं है कि इस समय तुम उनमें से किसमें रह रहे हो?

इसीलिए तो कहता हूँ कि सब कुछ अंतहीन है। फिर वह मेरे घर की तलाश हो या मेरी। बहरहाल यह तो बताइए कि आप यहाँ कर क्या रही हैं?

इस वक़्त घर जा रही हूँ, अतुल के यहाँ आई थी।

अकेली हैं?

हाँ क्यों?

अरे तो आप इस तरह मत घूमिए। अभी पिछले हफ्ते ही मैं और अतुल स्कूटर से जा रहे थे सड़क खाली और अँधेरी सी थी। एक औरत तेज़ी से जाती हुई दूर से दिख रही थी। अतुल बोला घर लौटने में देर हो गई होगी।

क्या पता डॉक्टर को बुलाने जा रही हो या दवाई लेने जा रही हो।

संगीत सुनने भी तो जा रही हो सकती है – वह बोला।

डर के मारे तेज़ चल रही हो यह भी तो हो सकता है।

हो तो और भी बहुत कुछ सकता है।

बहरहाल वह तेज़-तेज़ चली जा रही थी। पीछे से एक मोटर बाइक आकर उससे ज़रा जागे निकलते हुए खड़ी हो गई। मोटर बाइक के पीछे बैठा हुआ आदमी उतरा और झपट्टा मारकर उसने तेज़-तेज़ चली जा रही औरत को उठा लिया। स्कूटर चला रहे आदमी के और अपने बीच उसने औरत को ठूँस दिया। वह पहाड़ीवाली सड़क की ओर मुड़ गए। हमने भी स्कूटर तेज़ कर दिया कुछ देर तक तो हम पछियाते रहे। आभास पाकर उन्होंने भी रफ़्तार बढ़ा दी। आगे सड़क लगभग अँधेरी ही थी, फिर हम लौट आए।

वह उसे लगातार देख रही थी और सोच रही थी कि उस अजनबी औरत से उनकी क्या दुश्मनी हो सकती है? ऐसा कोई कैसे कर सकता है?

उसे कुछ बोलता न देख हेमंत ने कहा, अरे आप डरिए मत, ऐसी कोई बात नहीं है।

डरा तो तुम रहे हो। अगर डरती तो मैं आती ही क्यों?

नहीं, नहीं ऐसी कोई बात नहीं है। रास्ते में कोई दिक्कत हो तो लौट आइएगा। मैं आप को छोड़ दूँगा।

उसने ज़ोर का ठहाका लगाया, कहा नहीं कि रास्ते में अगर किसी ने कार या जीप या स्कूटर रोककर पकड़ ही लिया तो तुम क्या कर लोगे?

यों भी उसे शुरू से पता चल गया था कि कोई दूसरा कुछ नहीं कर सकता किसी दूसरे के मामले में और कभी कभी अपने मामले में भी।

□

वह बाबा के साथ बस में चढ़ी तब उसने सोचा नहीं था कि इस वक़्त भी बस में इतनी भीड़ होगी। वैसे पिछले वर्षों में किसी भी समय बस में भीड़ का होना कोई नई बात नहीं रह गई थी। जब बहुत छोटी थी और दोपहर के समय माँ के साथ कहीं जाती थी तो बस में चढ़ते ही दौड़कर सबसे अच्छी खिड़की हथिया लेती थी। उस दिन तो उसे अपने दोनों पैरों पर खड़े हो सकने के लिए भी जगह बनानी पड़ी थी और पकड़ने लायक डंडे या सीट के सिरे की तलाश में ही दो-तीन स्टॉप निकल गए थे। उसने राहत की साँस ली ही थी कि कभी पीठ पर तो, कभी कंधे पर कीड़े के रेंगने का गिलगिलापन महसूस हुआ। दाईं ओर खड़ा आदमी कभी कंधे पर, कभी पीठ पर, कभी सीने पर, कभी पैरों पर लगातार दबाव डाल रहा था। बस के झटकों की आड़ भी उसे अधिक देर तक बचा नहीं सकती थी, हालाँकि वह उसमें छिपने की कोशिश लगातार कर रहा था। वह भी कभी थोड़ा सिकुड़ जाती, कभी दब जाती, कभी थोड़ा सा पीछे खिसक जाती और ऐसा करते हुए हर बार उसे घूर कर देखती। आदमी मगर उतने से मानने वाला नहीं था। उसने बाबा से शिकायत की कि दाईं ओर खड़ा कुरतेवाला आदमी लगातार परेशान कर रहा है। बाबा ने उसे थोड़ा सा बाईं बाजू खिसका लिया। थोड़ी सी जगह मिलते ही आदमी ने अपने को उसमें इफरात से फैला लिया जैसे अभी तक वह दबा-घुटा, गुड़ी-मुड़ी बिना साँस लिए खड़ा रहा हो। एकाध स्टॉप चैन से गुज़रा होगा कि फिर वही चक्कर शुरू हो गया। इस बार उसने अपने दोनों हाथों की मुट्ठियाँ बाँध कर

घमाघम उसकी पीठ पर घमोकना शुरू कर दिया। आदमी ने पलटकर देखा, आसपास के दूसरे लोगों ने भी 'क्या हुआ, क्या हुआ?' की झड़ी लगा दी। लड़कों की आवाज़ ज़रा ज्यादे ही तेज़ थी, अधेड़ उम्र के लोगों ने अपने चेहरे को दूसरी ओर घुमा लिया जैसे उन्होंने कुछ न देखा हो। 'होता क्या जब से इसके हाथ में खुजली लग रही है, समझ क्या रखा है इसने।'

उसी दिन उसे पता चल गया था कि जो करना है खुद ही करना है।

सुबह घर से निकली तभी तय करके चली थी कि क्लास खत्म होने के बाद वह बाबा के लिए दवाई लेने जाएगी।

कॉलेज और वैदजी की दुकान के बीच फासला काफ़ी था और उसने उसे पैदल ही तय करना तय किया था।

वाहनों और लोगों से पटी सड़क पर जितना तेज़ चला जा सकता था उतनी तेज़ी से वह चली जा रही थी। जब आँख उठाकर देखा तो एक अधेड़ उम्र के आदमी को अपनी ओर देखकर मुस्कुराता पाया।

कौन होगा? सलेटी सूट, काला पोर्टफोलियो, पान चबाते हुए डाँवाडोल चला आ रहा था। उसे कुछ याद नहीं आया। पहचान के तमाम चेहरों को उसने टटोला, मगर उनमें भी वह कहीं नहीं था, न ही पहचान के किसी आदमी जैसा ही वह था। हो सकता है वह मुझे पहचानता हो। बिना किसी पहचान के कोई इस तरह मुस्करा कैसे सकता है?

वह वासु के घर के इलाके से गुज़र रही थी। वह उसका नया-नया दोस्त बना था। उसके पिता से कुल जमा एक ही बार मुलाकात हुई थी। इस उम्र के लोग क्या सब के सब एक से ही लगते होंगे? उसे वासु के पिता का चेहरा, चाल, आवाज़ कुछ भी याद नहीं आ रहा था। फिर भी एक अधेड़ आदमी, अगर धड़धड़ाती हुई सड़क के किनारे से जाती हुई लड़की को देख कर मुस्मुराता है तो उसे पहचानता तो होना ही

चाहिए। उसे तो कुछ भी याद आने को तैयार नहीं था। हो सकता है पहचान कभी हुई हो और मैं ही भूल गई होऊँ उसने सोचा।

और केसे, क्या चल रहा है?

बस बढ़िया, कभी आइए न।

हाँ आऊँगी।

वासु के पिता ने वादा किया था कि वे बड़े-बड़े आकार की पत्रिकाओं में पूरे पेज़ पर छपने वाले रंगीन चित्रों की कतरनें उसे देंगे। हो सकता है ये उसी के लिए आने को कह रहे हों। उसने आने का आश्वासन देते हुए सारी बातें सोचीं और कहा, आप आइए न – हमारे यहाँ।

नहीं आपके यहाँ नहीं।

चलिए हम आएँगे आपके यहाँ; मैं और सन्ति।

नहीं मेरे यहाँ भी नहीं।

तो फिर कहाँ, वह हँसने लगी।

अजीब अहमक है यह वासु का बाप! मेरे यहाँ भी नहीं, अपने यहाँ भी नहीं तो क्या जहन्नुम में? जैसे जहन्नुम को छोड़ तीसरी कोई जगह हो ही नहीं न जाने यह चुगद है कौन?

उसका किसी वासु से कोई लेना-देना नहीं था। न किन्हीं चित्रों से। उसने एक आँख दबाते हुए कहा – 'तुम कभी फ्लोरा फाउन्टेन आओ न।'

'फ्लोरा फाउन्टेन?' उसने ऐसे पूछा जैसे कह रही हो यह भी कोई जगह है आने की?

हाँ क्यों? फ्लोरा फाउन्टेन नहीं मालूम बेबी?

मालूम क्यों नहीं? उसने कुछ चिढ़ते हुए कहा, मगर उसे ठीक-ठीक पता नहीं था कि यह है कहाँ? यह किसी बगीचे का फौव्वारा है या किसी होटल का या किसी चौराहे का?

बस फिर क्या है? आओ किसी दिन ...

वह अपने से बेहद खुश थी कि आख़िरकार उसने उस एक आदमी को पहचान लिया जो वासु का बाप नहीं था और जो किसी भी लड़की को देखकर मुस्कुराने लगता था।

मान लो, यही आदमी जो वासु का बाप नहीं था और सड़क चलते मिल गया था कभी उसके खाली कमरे में पैदा हो जाता तो उसके मुँह से बोल ही न फूटता बल्कि उसकी स्थिति कुछ ऐसी हो जाती जैसे वह किसी दूसरे के कमरे में जा चढ़ी हो और पूरी तरह से उसके सुपुर्द हो। जो हाथ-पैर हमेशा से उसके रहे हैं, उन पर भी उसका कोई भरोसा नहीं रह जाता। हो सकता है ऐन मौके पर वे भी उसी आदमी के कब्जे में चले जाएँ, उसी के हाथ-पैरों की तरह उसी का आदेश मानें और अस्तु के किसी काम ही न आएँ।

गनीमत इतनी ही थी कि न वे, न कोई दूसरा ख़तरनाक आदमी कभी कमरे में पैदा हुआ। जैसे वह हो ही नहीं या जैसे वह कोई अफवाह हो। अगर उसकी अफवाह है तो वह भी होगा ही।

हो तो हुआ करे, मुझसे मतलब?

घर में पैदा नहीं हुआ यह ठीक है, लेकिन बाहर तो हो ही सकता है? बाहर होने दो, बाहर कोई खतरा नहीं है।

बाहर के बारे में तुम्हें क्या पता? घर में ही तो घुसी रही उम्र भर!

इससे क्या? बाहर कभी डर तो नहीं लगा।

जैसे बाहर कुछ बुरा हो ही न सकता हो। बाहर आसमान था, पेड़ थे, फुलचुक्की थी। बाहर ख़तरा कैसे हो सकता था?

घर में तो कई बार पूरी एक साँस भी नहीं आती। आधी-दूधी कई साँसें वह जल्दी-जल्दी लेती जाती थी, इसी उम्मीद में कि उसे पूरी साँस आएगी पर आती नहीं थी। बाहर लेकिन ऐसा कभी नहीं होता था।

बाहर पर उसका अटूट भरोसा था।

बाहर रेल थी। रेल, लदी-फँदी थी लोगों से। ऐसी रेल में एक कूपे था, कूपे में वह थी अकेली, खिड़की के पास बैठी हुई जैसे अपने कमरे की खिड़की पर बैठी हो। उसे बिलकुल भी याद नहीं था कि वह कहीं जा रही है कि कहीं से आ रही है।

कमरे की खिड़की से दिखने वाले दृश्य में कुछ चीज़ें तो हमेशा ही शामिल रहतीं – जैसे नीम, गुलमुहर, गोयल का मकान, सड़क, बिजली का खंभा। पिछले दो एक सालों में खंभे के पास चुपके से खड़ा हो गया था गुलमुहर। गुलमुहर जब वहाँ नहीं था तब भी खंभा था लेकिन उसने खंभे को पहली बार तभी देखा जब गुलमुहर उसकी बगल में उठ खड़ा हुआ।

सड़क से आते जाते लोग, गाएँ, बकरियाँ, मोटरें, पक्षी दृश्य में जब-तब शामिल हो जाते। मगर इस खिड़की से दिखने वाले दृश्य में तो एक भी चीज़ स्थाई नहीं थी सब कुछ भाग रहा था ... पेड़, लोग, स्टेशन, शहर, यहाँ तक कि आसमान भी। बस एक वही थी जो बैठी थी अपनी जगह। देखे जा रही थी, लगातार भागती चीज़ों को। चीज़ों को भी नहीं, सिर्फ़ उनके भागने को।

रेल जब रुक गई और सब कुछ खड़ा हो गया अपनी-अपनी जगह तब पता चला कि वह खुद भागी जा रही है, अंधाधुंध भागी जा रही है, जब कि उसे कहीं जाना हो न हो, रेल को जाना था। रात को और लोगों को भी जाना था। नींद में धड़ाम से दरवाज़ा खुला और आँखें भी। अभी रात ही थी। सामने एक नहीं, दो-दो आदमी खड़े थे, पूरे दरवाज़े को घेरकर।

आख़िर तो वह रेल थी और वह कूपे था, उसका कमरा नहीं; फिर भी वह ऐसे सो रही थी जैसे घर में अकेली होने पर भी कभी नहीं सोती थी। जबकि घर का दरवाजा खोलकर कभी कोई इस तरह, दरवाज़े

पर खड़ा नहीं हो सकता था। रेल अब भी भागी जा रही थी, बल्कि और भी अधिक रफ़्तार से भाग रही थी। रात झटका खाकर खड़ी हो गई थी उस कूपे में।

आदमी भीतर दाखिल नहीं हुए जब कि ऊपरवाली बर्थ पूरी तरह से खाली ही पड़ी थी। वह अपनी जगह वैसे ही लेटी रही जैसे कुछ भी न हुआ हो। उन लोगों ने उसे और उसने उन्हें देखा, लगातार देखा। देखते-देखते उनमें से एक ने हाथ में पकड़े हुए दरवाज़े को फिर से खिसका कर धड़ाम बंद कर दिया।

उसे एक दृश्य याद आया जिसमें सन्ति और शेर एक दूसरे से दस कदम के फासले पर आमने-सामने खड़े होकर एक-दूसरे की आँखों में देखते रहे थे कोई मिनट भर तक और फिर शेर पलटकर चला गया था। सन्ति वहीं खड़े खड़े शेर को देखता रहा। शेर ने मुड़कर एक बार भी उसकी ओर नहीं देखा।

शेर की जिस चाल को सन्ति ने देखा था, उसे वह कई बार आँखें मूँद कर देखने की कोशिश करती थी, दम साधे। अक्सर तो सामने जंगल का सन्नाटा ही बना रहता। कभी कभी लगता जैसे वह जा रहा है उसके सामने से और पूरा जंगल छिप गया है उसके पीछे।

जिस समय वह सामने से जा रहा होता, ठीक उसी समय वह नहीं होती थी, सिर्फ़ जाता हुआ शेर होता था।

जिस क्षण वह फिर से होती कभी तय नहीं कर पाती कि अभी शेर जा रहा था या नहीं और तब वह थी या नहीं? या वही थी?

शेर?

इसमें से कुछ भी हो सकता था, मगर कूपे का दरवाज़ा खुला और बंद हुआ तब पक्के तौर पर वह वहीं की वहीं थी। कूपे न पूरी तरह से घर था न पूरी तरह से बाहर और पूरी तरह से कुछ होने न होने के लिए घर या बाहर का होना ज़रूरी था।

यह भी तय है कि वह उस घर को कभी घर मान ही नहीं सकती थी जिसमें बाहर शामिल न हो।

□

कई सालों तक सोचने के बाद उसने कमरे के खिड़की-दरवाज़ों के लिए परदे जुटाए थे। घर को जैसे पंख लग गए हों, वह उड़ रहा था, हवा में फरफरा रहा था। आसमान ऊपर और ऊपर उठता जा रहा था। उड़ता हुआ मीलों ऊँचा घर। और पेड़ खुँपे थे धरती में।

उड़ते हुए घर में बैठे-बैठे उड़ना उसे भी अच्छा लग रहा था। इस दरवाज़े से परदे को धकिया कर घर के भीतर चली आती थी हवा, कमरे में घूमती हुई दूसरे दरवाज़े से चली जाती दूसरे कमरे में। वहाँ से मेज़ पर बिखरे कागज़ों को बटोरती हुई वह खिड़की से बाहर कूद लगा देती। खिड़की तक उसको पछियाती हुई वह भी भागती, पर जैसे ही वह बाहर को कूद लगा देती तो भागती हुई वह फिर पहले कमरे की ओर लपक लेती। ज़रूर, फिर से घुस आई होगी और सच-मुच घुस आई होती थी वह। पता नहीं कितनी देर चलती रही यह भागमभाग। कभी खिड़की से घुसती और खिड़की से कूद लगाती। लगातार उसे छका रही थी हवा।

इस बार जब हवा ने खिड़की से कूद लगाई और वह दौड़कर पहले कमरे में पहुँची तो देखा दरवाज़े पर लगा परदा, तनकर खड़ा था दीवार की तरह। सारे परदों का वही हाल था। कमरे में अब न कोई खिड़की थी न दरवाज़ा। ऊपर नीचे, आगे-पीछे सब कहीं दीवारें ही दीवारें। दीवारों से घिर गई थी वह और खड़ी रह गई थी वहीं की वहीं; जैसे पाँवों को किसी ने पकड़कर रोप दिया हो धरती में।

लेकिन वह तो कमरे का फर्श था, धरती नहीं। और फर्श में पैर आखिर कितने गहरे तक जा सकते थे? जबकि धरती में तो पैर जितनी दूर तक जाना चाहें जा सकते हैं।

उसके पैर फर्श पर जड़े थे। सिर्फ़ दीवारें खिसक रही थीं। उसके भीतर से बाहर और बाहर से भीतर आ-जा रही थीं। वह साँस लेने को छटपटा रही थी। और साँस थी कि आ ही नहीं रही थी। तो क्या एक पूरी साँस कभी नहीं भी आ सकती?

उसने चारों ओर देखा, आसमान कहीं से भी दिखाई नहीं दे रहा था। कमरे में बस थोड़ी सी खाली जगह थी, चीज़ों के इर्दगिर्द चीज़ों से लिपटी हुई। आसमान होगा तो सही, घर के बाहर कहीं। घर के भीतर कहीं से भी दिखाई नहीं दे रहा था।

इससे क्या? तुम कभी भी परदा हटाकर देख सकती हो, बाहर निकल कर देख सकती हो। यह तो ठीक ही है लेकिन अब वह अपने आप कभी नहीं दिखेगा। या फिर सारे समय हवा हो घर में आती और जाती हुई।

वह खिड़की तक गई, परदे को हाथ में पकड़कर थोड़ा सा उठाया, बाहर छतें थीं, पेड़ थे, लोग थे, आसमान था, टिटहरी थी, आसमान को चीरती हुई। परदे के उस तरफ वे सब घर से बहार हो गए थे। अब आसमान जब चाहे, किसी भी वक़्त भीतर नहीं आ सकता। अब वह उतना ही आ सकेगा, जितना मैं चाहूँगी और उसी समय आ सकेगा, जब मैं चाहूँगी, या फिर हवा मेहरबान हो। एक तरह से देखा जाए तो यह कितनी सुविधा की बात है।

सुविधा जब लगे किसी को!

मेरे घर में आसमान को कहीं न कहीं से, कभी भी आ सकना चाहिए। पेड़ को भी, कभी-कभार आने वाली बुलबुल को भी।

क्या तुम्हें पता नहीं है कि बाहर की हवा गंदी है? घर के भीतर की हवा को, पानी को तो साफ करके इस्तेमाल किया जा सकता है, आसमान के साथ साथ गंदगी भी तो घर में आएगी?

आती है तो आने दो, बाहर के बिना घर ...

नहीं बाहर के बिना घर कैसे हो सकता है?

उसने खिड़की वाले परदे को खिसकाया ही नहीं, खींचकर पूरी तरह से निकाल दिया। कम से कम एक खिड़की भर बाहर को तो मेरे घर में कभी भी आ सकना चाहिए।

क्या कहा अभी-अभी तुमने? मेरा घर?

हड़बड़ाकर उसने हाथ छोड़ दिए। अभी अभी क्या कह रही थी वह?

घर को सीने से चिपकाए थी और उसे अपना घर कह रही थी?

उसके हाथ से छूटकर घर नीचे जा गिरा और टूट गया जैसे मिट्टी का हो। टूटा कि फूटा? फूटा होगा तो काँच का होगा और टूटा होगा तो मिट्टी का होगा। वह टूट गया था यानी कच्ची मिट्टी का था, घरौंदा।

इसे गलाकर पूरी तरह से मसल डालो, फिर खड़ा हो जाएगा, अपने आप।

सन्ति का असली घर को सदा उसकी पीठ पर लदा रहता। जहाँ जाए वहीं खड़ा कर ले और चलते समय समेट ले।

उत्तरा का घर तीन मंजिला है, एक बार बना तो बना। कम से कम उसके जीने तक तो रहेगा ही। हो सकता है उसके बच्चे भी उसी में रह लें।

मन्ने धोबी का घर, झुग्गी बस्ती में है। जितनी बार बुलडोज़र आता है उसे ढहाता है मगर वह हर बार ऐसे उठ खड़ा होता है जैसे खेलते-खेलते गिर पड़ा बच्चा उठ खड़ा हो। लगता ही क्या है! गारा, पत्थर, पानी और गोबर! सब कुछ मुफ्त का।

राजा का महल और उमेदसिंह की हवेली बरसों से खड़े हैं। अब वहाँ कोई नहीं रहता। चमगादड़ें, मधु-मक्खियाँ रहती हैं, अगर वे 'कोई'

में शामिल हों। यह इतने धीरे-धीरे ढह रही हैं कि न इन्हें ढहा हुआ कहा जा सकता है, न ढहाया जा सकता है, न इनमें रहा ही जा सकता है। लगभग पूरी तरह से नष्ट हो चुकने के बाद भी ये अपने होने का भ्रम बनाए रहते हैं इसलिए खत्म हो चुकने के बाद भी इन्हें कोई नहीं ढहाता।

एक बार ढह जाने के बाद वह फिर वहाँ खड़ी नहीं हो सकती जैसे मन्ने का घर हो जाता है। हवेली या महल खुद तो फिर से खड़े नहीं हो सकते, किसी दूसरी इमारत को भी ये अपनी जगह खड़ा नहीं होने देते।

और कैसा भी घर जिनके पास हो ही नहीं वे? फुटपाथ, ठेला, पुलिया, दुकानों के पटिए, सड़क किनारे खड़े पेड़ की छाया, जहाँ कहीं वे बैठें, उठें, लेटें, खाएँ, सोएँ वे तमाम जगहें उनके घर होती हैं, उतनी-उतनी देर के लिए।

अस्तु को तो एक ऐसा घर चाहिए, जो जब वह चाहे, हो; जब न चाहे, न हो! जिसे खींचतान कर कभी भी बड़ा या छोटा किया जा सके।

ऐसे एक घर की खोज में वह बचपन की एक दोपहर घर से निकल पड़ी थी और तब से अभी तक लौटी ही नहीं।

उसकी आजी ने बताया था कि उनकी माँ जिस घर में खाना बनाने जाती थीं वहाँ कम से कम पाँच जने केवल खाना बनाने का ही काम करते थे। सुबह शाम खाना, कई प्रकार का बनता, यह उस घर की पुरानी परंपरा थी। उस पूरे घर में माँ-बेटी अकेली ही रहती थीं। दोनों विधवाएँ।

खाने में उनका नियम यह था कि एक समय में वे एक ही चीज़ खा सकती थीं चाहे रोटी-सब्जी खा लें चाहे दाल-चावल खा लें। न बाल-न बच्चे और घर इतना बड़ा कि अगर किसी दिन वे तय कर लें

कि अब वे अवश्य घर से बाहर निकलेंगी तो हो सकता है वे एक कमरे से दूसरे कमरे में, दूसरे कमरे से आँगन में, फिर किसी सहन में, फिर सीढ़ियों से होती हुई किसी कमरे से किसी दूसरे कमरे में, सहन में, आँगन में, सीढ़ियों से उतरती-चढ़ती, आती-जाती ही रह जाएँ और घर से बाहर कभी निकल ही न पाएँ।

कितना अच्छा है कि वह ऐसे किसी घर में नहीं रहती। आजी ने जब बताया तो उसने माना ही नहीं। अरे हट आजी, ऐसा कोई मकान हो ही नहीं सकता।

सच्ची मानो, है। मैंने भी देखा है।

ऊँहूँ, हो ही नहीं सकता।

हो क्यों नहीं सकता? एक दिन ले जाकर दिखा दूँगी तुझे।

हम जाएँगे ही नहीं, हमें बुद्धू थोड़ी बनना है।

जैसे तुम्हारे न देखने भर से ही ऐसा घर न होने वाला हो।

न वह कभी उस घर को देखने गई, न उसके होने को भी कभी माना। फिर भी कभी वह घर से बाहर निकलने के लिए कमरे से बाहर की ओर चलना शुरू करती तो चलती ही चली जाती। कमरे से कमरे में, कमरे से दालान में, दालान से सीढ़ियों पर, सीढ़ियों से कमरे में, एक कमरे से दूसरे में। घर से बाहर निकल ही नहीं पाती।

वह चलती चली जाती और घर फैलता जाता। घर न हुआ, आसमान हो गया।

सन्ति कहता है किसकी शामत आई है कि तुझ को क़ैद करे! आसमान करे तो करे, लेकिन आसमान ने कभी किसी को क़ैद किया सुना है कि तुझ को करे?

वह आँगन से निकल कर, ठीक बीचोबीच पसर गई और आँखें मूँद लीं। घर को फैलना हो फैले, जितनी मर्ज़ी फैले, जैसे उसके आँखें मूँदने भर से ही घर बिला जाने वाला हो।

जब कभी बीमार पड़ती उसे दो ही चीज़ों की ज़रूरत लगती। उसका पक्का विश्वास था कि देखने को अगर आसमान या पेड़ या नदी तालाब जैसी कोई चीज़ हो और खाने को हरी मिर्च के अचार के साथ ठंडी रोटी तो उसका कैसा भी बुखार ठीक हो जा सकता है। दवाई तो वह माँ, आजी, बाबा की तसल्ली के लिए ले लेती। उसे पता था, बुखार के ठीक होने में दवाई की कोई विशेष भूमिका नहीं होती।

इसीलिए उसने शुरू में ही एक वसीयत लिखी थी –

'मरते समय जो कोई मुझे समुद्र के किनारे, या पेड़-पौधों के बीच या कम से कम खुले आसमान के नीचे ले जाकर लिटा देगा, वह मेरी कुल संपत्ति का मालिक होगा।'

मौसम अगर जाड़े या बरसात का हुआ और वक़्त आधी रात का तो?

वक़्त कोई सा हो, मौसम जैसा भी हो, मगर ऊपर आसमान अवश्य हो, आसपास पेड़ हों। उसे पक्का पता है इस तरह उसकी मौत एक आसान मौत होगी।

यह एक अलग सवाल है कि मेरे पास संपत्ति कितनी है? और यह बिलकुल ही दूसरा सवाल, कि आप किस चीज़ को संपत्ति मानें और किसे न मानें?

जिस बाहर पर उसका ऐसा अटूट भरोसा था उस बाहर का तो एक दिन घर से भी बदतर हाल हुआ और हो गया तो भी उसे यकीन नहीं आया कि ऐसा सच में हुआ था। उसे लगा जैसे उसने भयानक सपना देखा।

आँखें खोलकर अँधेरे में कमरे को टटोलती रही, सारी दीवारें, खिड़कियाँ, दरवाज़े, अपनी अपनी जगह सही सट्ट खड़े थे। खिड़की के बाहर आसमान था।

आँखों में जलन, आँसू, खाँसी। वह उठ बैठी। यह क्या हो रहा है? घर में कहीं कुछ जल तो नहीं रहा? कहीं कोई वायर या गैस पर दूध तो नहीं छूट गया? सोने से पहले गरम करने रखा था पीने और जमाने के लिए?

वह दूसरे कमरों में, बरामदे में, चौके में गई। कहीं कुछ नहीं ... फिर भी वही खाँसी ... जलन। अब की बार वह बाहर को दौड़ी। घरों में लाइटें जल रही थीं, लोग सड़कों से चीखते-चिल्लाते भागे जा रहे थे।

'भागो, निकलो घर से बाहर, गैस की टंकी फट गई है।'

बाहर कहाँ? किस तरफ? फैक्ट्री किस दिशा में है? हवा किस ओर की है? किसी को कुछ भी पता नहीं, सोचने का कोई मौका नहीं।

हर सड़क पर, हर दिशा में लोग, भागते हुए, गिरते हुए, उठते हुए। ... फिर गिरते हुए ... एक बार गिर कर फिर न उठते हुए।

उसका पूरा का पूरा बाहर गैस चैम्बर में बदल गया। गैस ने बाहर से भीतर से सब तरफ से जकड़ लिया था। वह उसकी आँखों में, साँसों में, आँतों में घुसकर बाहर को धकेल रही थी ...

निकलो, बाहर निकलो, कब तक घुसी रहोगी अपने भीतर?

बाहर कहाँ?

बाहर जैसे न आसमान था, न पेड़, न हवा।

वह बाहर को उलटे आ रहे अपने आपको बार-बार भीतर की ओर धकेले जा रही थी और वह लगातार बाहर को।

भीतर एक धमाका हुआ। उसका देखना, सुनना, सोचना सब बंद हो गया। जैसे भीतर बाहर कहीं कुछ बचा ही न हो। और अगर कुछ बचा हो तो वह भी उसके जरा सा हिलने, डुलने या बोलने से भी नष्ट हो जाने वाला हो।

ऐन उसी वक़्त उसे अपनी ठोड़ी पर के बाल की याद आई। उसने ठोड़ी को कई बार टटोला। वह बाल कहाँ गया होगा?

वह तो शुरू दिन से ही उसकी ठोड़ी पर था। कितनी बार वह उसे जड़-मूल से उखाड़ चुकी थी यह सोचकर कि अब वह कभी नहीं उगेगा। कुछ दिनों बाद वह फिर वहीं मिलता, उसकी ठोड़ी के ठीक बीचोबीच।

इस बार क्या वह आया ही नहीं? आखिरी बार कब उखाड़ा था और कहाँ रखा था? वह उसे तोड़कर कभी फेंकती नहीं थी। या तो जिस किताब को पढ़ रही होती उसके किन्हीं पन्नों के बीच दबा देती या अपनी डायरी में कहीं, जैसे कभी पीली चिड़िया के, मोर के, तोते के छोटे-छोटे पंखों को दबाती थी और सेमल के रोयों को भी।

अपनी किताब को थोड़ा सा खोलकर वह उँगली से पंख को भीतर की ओर खिसकाते हुए किताब को कसके बंद कर सीने से चिपका लेती कि बस पकड़ लिया।

तभी वह उसे सामने के फर्श पर फिर उड़ता दिखाई दे जाता।

अरे यह कहाँ से आया? ज़रूर दूसरा होगा। वह तो बाहर निकल ही नहीं सकता। वह अपनी किताब या कॉपी खोलकर देखती तो उन पन्नों के बीच कुछ न होता।

उसने ठोड़ी को बेसब्री से टटोला। हल्की सी नोक उँगली पर गड़ी। वह इतनी बार उखाड़ा जा चुका था कि अब तक काफ़ी मोटा हो चुका था और छूने पर उसे ठोड़ी की नोक की तरह महसूस किया जा सकता था। उसने तसल्ली में आकर उसे कई बार छुआ और पकड़ने की कोशिश की।

यह तो पकड़ में ही नहीं आ रहा, उखड़ेगा कैसे?

मगर इस समय कुछ और कर पाना भी तो असंभव था। वह जी जान से उसे उखाड़ने में जुट गई जैसे बाल का उखड़ना ही एकमात्र बचाव हो।

बाल के न उखड़ने की स्थिति में कुछ भी हो सकता था। कहो गैस की टंकी ही फिर से फट जाए, या लड़ाई छिड़ जाए या पेड़ में पत्ते आने बंद हो जाएँ –

नहीं, ऐसा नहीं हो सकता!

उसे याद आया भवेश ने पहले पहल पेड़ का ही चित्र बनाया था, सिर्फ़ एक पेड़। घनघोर घटादार पेड़। ऐसी घटा जैसे छोटे से तने पर पूरा समुद्र उमड़ता हुआ डोल रहा हो! पेड़ पर बैठा हुआ पक्षी, उस घटा से भी बड़ा था।

जब कभी उस चित्र के होने की बात उसे बिलकुल ही भूल जाती तभी वह उसे इस तरह याद आता जैसे बरसों से वह उसी को खोज रही हो और वह उसे मिल न रहा हो, मानो हो ही नहीं।

आज सुबह भी यह उसे ऐसे याद आया जैसे उसने उसे सपने में देखा हो। वह था या उसने उसे सपने में ही देखा था? कहीं फिर वह उससे खो न जाए। डर के मारे नहाना-धोना, खाना-पकाना सब छोड़कर वह उसे खोजने में जुट गई।

कैसी हूँ मैं? यह एक पेड़ भी मुझ से नहीं संभलता, बार बार खो जाता है। उसने अपने को लताड़ा।

अबकी अगर वह सचमुच ही खो गया होगा तो?

रखने को तो खूब सम्हालकर रखा था और फिर तीन-चार बार तो पत्रिका में भी छपा था। कम से कम छपावाला ही मिल जाता।

पुरानी पत्रिकाओं के बंडल बांधकर ऊपर वाले शेल्फ पर चढ़ा दिए थे। वह जब भी छपा, बाएँ पेज पर ही छपा,? उसे अच्छी तरह याद है।

बड़ा सा स्टूल लेकर उसने सारे बंडलों को नीचे उतार लिया। उन्हें चारों ओर रख कर बीचोबीच पसर गई। एक के बाद एक पलटकर पटकती गई। हर अंक को उठाकर खोलते हुए डर लगता। नहीं मिला तो?

एक बार तो छोड़ देने को मन किया था उसका, जाने दो न, फालतू ही समय की बरबादी। समय का वैसे भी क्या करती हो?

पकाओ, खाओ, घूमो-फिरो, नौकरी करो, लिखो-पढ़ो, नाचो या अधिक से अधिक भगवान का नाम लो।

भगवान का नाम जो अब भी ले पाता है वह भाग्यशाली माना जाएगा या अभागा?

वह कुछ भी माना जाए, वह खुद नहीं ले पाती इतना तय है। उसे अचरज है कि रामू अब भी ले पाता है। कभी कभी उसे रामू से ईर्ष्या होती है। उससे अपनी ईर्ष्या को कायम रखते हुए उसने चित्र की खोज जारी रखी। सब कुछ जैसे एक उस चित्र पर ही टिका था। उसे खोजे बिना कुछ भी और कर पाना असंभव था। अधिकतर बंडल वह पलट चुकी थी, अब तो छोटे वाले दो ही बचे थे और डर भीतर ही भीतर बढ़ता जा रहा था। जैसे-जैसे डर बढ़ता गया, वह तेज़ी से पन्ने पलटती गई।

सच? क्या वह इसमें है? धोखा तो नहीं हुआ? उसने कसकर अंक को अपने हाथों के बीच भींच लिया।

फिर से देखूँ और न निकला तो?

न निकले तो न निकले। स्लेट पर तो बना है नहीं कि मिट जाएगा और न मक्खी है कि उड़ जाएगा।

वह एक-एक करके पन्ने पलटने लगी। आख़िरकार वह बायाँ पन्ना खुला जिसके बाएँ कोने पर एक छोटा सा चित्र बैठा था।

पेड़, पानी, चिड़िया, सब इस तरह थे कि कोई अगर कहे कि मैं पेड़ को बचा लूँगा कि मैं पानी को कि मैं पक्षी को तो कैसे मान लूँ?

सवाल तो यह है कि इनमें से किसी एक को कैसे बचाया जा सकता है? यह तो बाद की बात है। फिलहाल तो वह तसल्ली में आ गई जैसे पेड़ लेकर भागते आदमी को वह जमीन मिल गई हो जहाँ वह उसे रोप सके।

अब पेड़ फिर उसी तरह होंगे, उनमें पत्ते आने कभी बंद नहीं होंगे।

अपने चारों ओर फैले पत्रिकाओं के ढेर में से वह उस पेड़ को लेकर उठ खड़ी हुई जैसे वह उसका अपना पेड़ हो। इससे पहले कभी उसे अपने लिए अलग से किसी पेड़ की ज़रूरत नहीं पड़ी थी।

घर के आसपास, सड़क के किनारे, स्कूल-कॉलेज में कहीं भी लगे पेड़ जिन्हें वह बाज़ार, स्कूल, दफ़्तर, दोस्त के घर या खेलने जाते-आते देखती थी वह उसके नहीं हैं, ऐसा कभी लगा ही नहीं।

कब वे घटाटोप पेड़ होते और कब उनकी खाली डगालों पर ऐसे बैठा होता है आसमान जैसे पेड़ से ही फला हो। डगालों पर कभी पत्ते झूमते, कभी आसमान। कभी बैठते फूल और कभी फल। इन सबका समय उसे पता होता।

पूरा का पूरा चिलबिल दो-दो बार एकदम खाली होता। एक बार तो सारे के सारे पत्ते झड़ाता और दूसरी बार में फल। जैसे बिना फूलों के ही फल जाता हो यह। इस पेड़ पर एक भी बार फूल देखे की उसे याद नहीं आई। पूरा पेड़ या तो पत्तों से ही बना होता है या फिर फलों से ही।

पलाश, जेकरांडा, गुलाबी केसिया, अमलताश और कुछ हद तक गुलमुहर या तो पत्तों के ही पेड़ होते हैं या फिर फूलों के ही। अनहद फूले और अनहद झड़े। जबकि आम जामुन गूलर इमली कभी भी पूरे के पूरे नहीं झड़ते। पत्ते साथ ही साथ झड़ते और आते रहते हैं।

आकाशनीम, रातरानी, जूही, चमेली जाई, गुलछड़ी और किसी हद तक हरसिंगार भी सबके सब लगभग सफेद रंग में फूलते हैं। जैसे जैसे अँधेरा घिरने लगता है ये फूलने शुरू होते हैं और रात भर मस्ताते हैं। इन में से कुछ तो पेड़ पर रहते सवेरा भी नहीं देखते; पहले ही जमीन पर ढेर हो जाते हैं। कुछ पेड़ पर दिन तो देखते हैं; बल्कि दो एक दिन

बने रहते हैं; मगर खुशबू उड़ जाती है उनकी। आकाशनीम और हरसिंगार जब चू रहे हों तब हवा चलने लगे तो फूलों की बारिश होती है।

ऐन गरमी के बीचोबीच कभी-कभी अंधड़ आ जाता है, बारिश के साथ। तरबतर काली जमीन पर पूरा का पूरा ढेर हो जाता था सड़क पार के अहाते में फूलने वाला अमलताश। किसी भी दिशा से आते हवा और बरसात; किसी भी दिशा में जाते। सारे खिड़की दरवाज़े बंद करने पड़ते।

बारिश के थमने पर वह बरामदे का दरवाज़ा खोलती तो सामने ही लगा होता पीला ढेर। पेड़ के नीचे की जमीन तो दिखनी ही बंद हो जाती। वह डरते-डरते पेड़ की ओर देखती कि अब एक भी फूल न बचा होगा। पेड़ की डगालों पर अब भी छोटे-छोटे पीले फानूस झूल रहे थे। बल्कि पहले तो वे दिखाई ही नहीं देते थे। छिपे थे बड़े फानूसों के पीछे।

जब वह छुपनछाई खेलती थी तो सबसे पहले बल्कि अक्सर ही जाकर आजी की पीठ पीछे छिप जाती थी। सबको पता होता कि भूत का ठिकाना इमली में और अस्तु का आजी की पीठ पीछे। उसे खोजना किसी अंधे के लिए भी मुश्किल काम नहीं हो सकता था। टिन्नी का छिपना भी कुछ-कुछ ऐसा ही जैसा है। खेल शुरू होते ही पलंग के नीचे जा घुसेगी। पलंग पर बिछी चादर के लटकते रहने से उसका मुँह भर ढँक जाता। बाकी पैर, घुटने, फ्रॉक, यहाँ तक कि कोहनी तक के हाथ भी दिखते रहते। तिस पर चिल्लाकर पूछेगी बताओ हम कहाँ हैं? ढूँढ़ती हुई वह कई बार उसके इतने क़रीब से गुज़रती कि कभी उसका हाथ, कभी कपड़े उसे छू जाते। वह नीचे झुकती, ऊपर देखती, दाएँ घूमती, बाएँ घूमती, हाथ से टटोलती और तंग आकर अपने से ही पूछती, कहाँ छिपी होगी ये टिन्नी?

आजी के आगे पूजा-पाठ शास्तरजी चलते रहते और पीछे छिपकर वह खेलती रहती। चाहे अकेली खेले चाहे बिन्नी के साथ, आजी की

पीठ पीछे वही बैठेगी। सबको हमेशा आजी ही दिखाई देती और वह छिपी रहती अमलताश के इन छोटे-छोटे फानूसों की तरह।

बड़े भारी अहाते में कुल जमा एक ही मकान था बैठे कद का छोटा सा। चारों ओर बड़े-बड़े पेड़ थे शिरीष, आकाशनीम, जामुन और अर्जुन से लगा कर छोटे-छोटे अमलताश और अशोक तक। नारियल के पेड़ किसी भी अहाते में न हों यह संभव नहीं था। न लगाओ तो भी जैसे अपने आप लग जाते हैं ये।

छोटे से तने पर बैठे गोल-मटोल आम के पेड़ को देखकर उसे लगता जैसे वे सचमुच के पेड़ न होकर राजपूत मिनियेचर पेण्टिंग में बने पेड़ों के चित्र हों।

अब तो उस अहाते में, उस छोटे से घर के अगल-बगल दो-दो बहुमंजिला इमारतें उग आई हैं और आसपास के सारे पेड़ बौने हो गए हैं। ग़नीमत बस इतनी ही है कि इस सब के बावजूद जहाँ पहले अमलताश था, वह जगह अभी भी खाली है।

टनन् टनन् टनन् सुबह से उसकी नींद घंटी की आवाज़ से ही खुली थी।

यह तो फायर ब्रिगेड की घंटी है और ठीक घर के सामने ही सुनाई दे रही है। वह लपक कर बरामदे में गई। उसके अपने मकान के ऐन सामने जो छोटा सा मकान था वह भी इस बीच अचानक ही बड़ा हो गया था। उसे कुछ भी नहीं दिखाई दे रहा था। रात हवा और पानी के बीच ऐसी होड़ मची कि तूफान आ गया। आजी से राजा वीर विक्रम की कहानी सुनते-सुनते ही वह सो गई थी। एक बार जो कहानी में घुसी तो फिर तूफान घर के बाहर ही छूट गया। खिड़की-दरवाज़ों पर की उसकी पछाड़ें भी उसे सुनाई देनी बंद हो गई। राजा वीर विक्रम आधी रात को उस दिन भी अँधार पिछोड़ा ओढ़कर नगर भ्रमण को निकले थे। चलते चलते बहुत दूर निकल गए तो एक वटेमार्गू से पूछा,

भाई यह किसका राज है? राजा वीर विक्रम का। वे अचरज में पड़कर फिर चलने लगे, बिलकुल दूसरी ही दिशा में? काफ़ी दूर जाने के बाद फिर एक वटेमार्गू को रोक कर पूछा, बाबा यह किसकी भूमि है? इतना भी नहीं मालूम? राजा वीर विक्रम की। राजा अचरज में गर्क़! कितना बड़ा राज था उनका। वह तो अभी भी उनके उस राज में भटक रही थी, जल्दी से निकल कर लपकी थी सड़क की ओर।

आख़िर यहाँ क्यों आया होगा यह फायर ब्रिगेड? आसपास कहीं भी न लपटें दिखाई दे रही थीं न धुआँ। फायर ब्रिगेड तो आग बुझाने के लिए ही न आता है? फिर यह हमारे मुहल्ले में क्या कर रहा होगा? सैकड़ों सवाल थे और वह थी। घर में किसी को कुछ भी पता नहीं था। वह चकित थी कि फायर ब्रिगेड पेड़ हटाने आया था, आग बुझाने नहीं।

आकाशनीम का वह पेड़ जो आगे वाले मकान के पीछे छिप गया था सड़क के आरपार बिछा था। बाप रे! कितना बड़ा था यह पेड़? उसने एकदम पास खड़े होकर पेड़ को देखा। जब खड़ा था तो इतना बड़ा कहाँ दिखाई देता था। उसने उस जगह को देखा जहाँ से जड़ें झाँक रही थी। अँधेरा जैसे अब भी जड़ों से लिपटा था। पेड़ की जगह अब एक खाली खोखल था और पास ही खड़ा अशोक का पेड़ एकाएक जैसे उघड़ गया था।

पेड़ चूँकि सड़क के आरपार गिरा था, सारी आवाजाही थम गई थी। कारें, स्कूटर, ऑटो रिक्शा, स्कूल बसें सब इस या उस तरफ से वापस लौट रहे थे। साइकिल वालों का काम फिर भी आसान था और पैदल आने-जाने वालों का भी। सबसे अधिक मज़ा तो पिंचू को आ रहा था, पेड़ के ऊपर उठी डगाल पर चढ़कर ऐसे ताली बजा रहा था जैसे किसी ऊँचे पहाड़ की चोटी पर जा पहुँचा हो।

आकाशनीम के लंबी डंडीवाले फूल अक्टूबर-नवम्बर के महीनों में सवेरे-सवेरे झड़ते नज़र आते थे बल्कि वह तो रात-दिन झड़ते रहते थे।

बहुत ऊपर से झड़ते थे इसलिए कभी कभी हवा के साथ टहलते हुए पेड़ से काफी दूर भी पहुँच जाते और किसी भी दूसरे पेड़ के नीचे गिरे मिल जाते। जबकि अमलताश आमतौर पर अपने ही तने के इर्द-गिर्द झड़ता था।

उसके लिए तो जो पहले थे और जो अभी हैं वे सारे के सारे पेड़ सब समय होते हैं, वहीं उसी अहाते में। उसका निश्चित मानना है कि पेड़ कहीं आ-जा नहीं सकते। वे हमेशा रहते हैं वहीं और यह भी कि वे सब उसी के हैं, कोई उससे नहीं छीन सकता इन पेड़ों को।

□

पत्तों के बीच से कितना नीला दिखाई देता है आसमान, पास के ही खाली आसमान के मुकाबले! वह पीपल के पेड़ से झूलते आसमान को देख रही थी।

आसमान में गुंथा यह पीपल भी कितना अधिक हरा है?

आसमान अधिक नीला है कि पेड़ अधिक हरा? वह कभी तय नहीं कर पाती थी।

नीला और हरा रंग ही तो हो जाता है धीरे-धीरे सफेद और धीरे-धीरे काला। ये काला यानी कैसा काला? बाल वाला काला कि बादल वाला कि अँधेरेवाला? तिस पर भी अँधेरे का काला यानी कौन से अँधेरे का? कमरे के भीतर के अँधेरे का, जमीन के भीतर का कि कुँए के भीतर का?

अषाढ़ का अँधेरा कुएँ वाला भी है और जमीन के भीतर वाला भी। अषाढ़ बोलने पर पहले उसे हमेशा लगता जैसे आसमान में बादल घिर जाएँगे। ऐसे बादल, जो आसमान से ही फले हों।

पता नहीं कितने सालों से उसने अषाढ़ नहीं बोला और कितने ही सालों से अषाढ़ वाले बादल भी नहीं घिरे।

कौन सा महीना चल रहा है? कोई पूछता तो 'जुलाय' – अब अक्सर उसके मुँह से भी निकल जाता है। जब कि जुलाय बोलने से अषाढ़ की घटा का घिरना तो दूर, याद भी नहीं आता।

उसके साथ यह दुर्घटना कब घटी होगी? उसने चकित होते हुए सोचा? बादलों के साथ उसका संबंध किस कदर बदल चुका था और पेड़ के साथ भी। उसे अभी इस क्षण तक इसका पता ही नहीं चला था।

आम के पत्तों और गेंदे के फूलों से तोरण बनाकर दिवाली और जन्मदिन पर वह खिड़की दरवाज़ों पर लगाती।

बारहों महीने खाना यों तो थाली में ही होता, मगर शिवरात्रि या दशहरे जैसे दिन ताज़ा दूधिया हरे केले के पत्तों पर। ढाक के मखमली हरे पत्ते पर सफेद झक् मलाई की बरफ मिलती। पिघले हुए दूध को पत्ते से चाटने पर पत्ते की गंध और स्वाद भी दूध में शामिल हो जाता।

वहाँ सबके अपने छोटे-छोटे घर थे और घर के इर्दगिर्द थोड़े से पेड़-पौधे, घर को घेरे हुए। उनके बिना घर जैसे पूरा होता ही नहीं था। आम और अमरूद सबसे पहले विश्वा के थे, बेरी और माधवी बिन्नी के, नीम जहाँ कहीं भी होता भवेश का होता और पीपल-तुलसी माँ के। घर में बस एक वही थी जिसका काम एक या दो पेड़ों से नहीं चलता था। उसको तो सबके सब चाहिए पड़ते थे।

शहर आ जाने से जल्दी ही उन्हें एक बहुमंजिला इमारत में चले जाना पड़ा था। अब उनके पास अपने कोई पेड़ नहीं थे। तीज-त्यौहार पर तोरण भी बाज़ार से बने बनाए ही खरीदकर लाने पड़ते थे।

अब तो अगर आसपास के या सड़क-किनारे के पेड़ उसके न हों तो पेड़ के नाम पर उसके पास एक पौधा भी नहीं था।

कहते हैं कि कल्पवृक्ष नाम का भी एक पेड़ होता है। सुना तो इस पेड़ के बारे में बहुतों ने था, लेकिन देखने वाला एक भी नहीं मिला उसे।

ए, कल्पवृक्ष यानी क्या? कैसा होता है यह पेड़?

मालूम, कल्पवृक्ष यानी वह पेड़ जिससे जो कुछ भी माँगो, वह मिल जाए। 'डब्बा काका, डब्बा काका श्रीखंड-पूरी आववा दो, लाडू-पेड़ा आववा दो – की तरह?'

हाँ हाँ बिलकुल अपने 'डब्बाकाका' (कहानी) जैसा ही होता है यह पेड़। नहीं कल्पवृक्ष यानी वह पेड़, जिसके नीचे खड़े हो जाओ तो मन में जो भी इच्छा जागे वह उसी समय पूरी हो जाए।

अरे हट। कल्पवृक्ष कोई पेड़ थोड़े ही होता है?

तो क्या होता है?

वह तो यूँ ही झूठमूठ का पेड़ है।

झूठमूठ का, यानी?

झूठमूठ का, यानी मनगढ़ंत।

ऊँहूँ, मैं नहीं मानती, वह एक सच्ची मुच्ची का पेड़ है और बस है!

तूने देखा है?

मैं कहाँ से देखती? वह यहाँ थोड़े ही होता है पागल।

तो कहाँ होता है?

ऊपर स्वर्ग में।

मेरी माँ कहती है कि स्वर्ग अलग से कोई जगह थोड़े ही है! वह तो यहीं कहीं है।

तब तो कल्पवृक्ष को भी आस ही पास कहीं होना चाहिए।

कहीं से एक छोटा सा मिल जाता तो क्या मज़ा आता।

नहीं मिलेगा, नहीं मिलेगा। तू तो उसे मनगढ़ंत मानता है, फिर तुझे क्यों मिले?

और अस्तु को तो चाहिए ही क्या था? हरदम गाती फिरती –

'मारा मननी ऐवी मॉज, के कल्पतरुना वनमांथी कशुय ते माग्या विण हँसती हँसती चाली जाऊँ ... ।' आसपास जो कुछ भी था उसी का तो था, कल्पवृक्ष से माँगती भी तो क्या माँगती?

और अब तो कल्पवृक्ष के होने न होने के बारे में, वह दावे से कुछ नहीं कह सकती कि वह नहीं है, कि वह है।

मान लो वह है और एक दिन तुम से प्रसन्न हो तुम्हारे सामने प्रकट हो जाए और कहे कि – माँग माँग अस्तु, जो माँगेगी मिलेगा – तो तू क्या माँगेगी? सन्ति ने पूछा।

क्या माँगूँगी? माँगना भी तो आना पड़ता है। सत्यवान को लेकर चलते बने यमराज से, सावित्री ने क्या कुछ नहीं झटका था?

बेचारे यमराज! उनको तो पता भी नहीं चला कि ऊपर से वे खुद ही लुट गए थे। और फिर सावित्री को तो शुरू से ही पता था कि उसे क्या माँगना है? यहाँ तो यह भी नहीं मालूम कि चाहिए क्या है? तू ही बता न सन्ति, क्या माँगूँ?

इत्ती सारी चीज़ें तो हैं, कुछ भी माँग ले

यही तो मुसीबत है, इतनी सारी में से कोई एक क्या माँग लूँ? तू कोई ऐसी चीज़ बता न, जिसे माँगने से सब कुछ मिल जाए।

वह आसमान को देखती हुई बुदबुदाई – क्या ऐसा नहीं हो सकता कि मैं उड़ूँ और बस उड़ती ही रहूँ, उड़ती ही रहूँ?

हो तो क्यों नहीं सकता? लेकिन यह तो बता कि उड़ते उड़ते पहले तू थकेगी कि पहले आसमान खत्म होगा?

उसने गुस्से से सन्ति को घूरा जैसे कह रही हो बुद्धू कहीं का! उड़ने से भी कोई थकता होगा?

तू तो थकने से रही! फिर तो बेचारा आसमान ही खत्म होगा, एक न एक दिन!

वाह आसमान क्यों खत्म होगा?

मतलब यह कि न तू कभी थके, न आसमान कभी खत्म हो।

हाँ – पता चल गया –

पेड़! पेड़! तुम ऐसा कुछ करो कि न मैं उड़ते थकूँ न आसमान ही कभी खत्म हो।

बंदूक के धमाके के साथ बाएँ कोनेवाले पीपल से इतने तोते एक साथ उड़े जैसे पूरा का पूरा पेड़ फटकर आसमान में बगर गया हो।

इतने सारे तोते कहाँ बैठे थे? उसे तो हरे हरे पत्ते ही दिखाई दे रहे थे। बड़े सारे पेड़ की फुद्दू सी डगाल पर, एक कोयल बैठी थी और

बोले चली जा रही थी। जैसे ही उसने कोयल की ओर देखा वह कूदकर ऊपरवाली डगाल पर चली गई। वह जिस भी डगाल पर जितनी भी अंदर जाती, अस्तु कहीं न कहीं से उसे देख लेती। इतने बड़े पेड़ में एक भी डगाल कोयल को ऐसी नहीं मिली जहाँ बैठकर, बिना दिखे मज़े से गाती रहे जैसे वह महज़ एक आवाज़ हो।

फिर भी कोयल कम से कम दिख तो रही थी। तोते का तो एक का भी कहीं अता-पता नहीं मिला था। यों उसे मालूम था कि कुछ न कुछ तोते तो किसी भी समय पेड़ पर होते ही थे। तब भी इतने तोते और चिड़ियाँ होंगी, उसने नहीं सोचा था। इसलिए जब सब के सब छूटे तीर की तरह, तो लगा जैसे पूरा पीपल उड़ गया हो वहाँ से।

उसने पीपलवाली जगह को देखा, अपने में मगन डोलता हुआ पेड़ खड़ा था, उसी तरह।

पहले तोते पेड़ थे फिर पेड़ तोते हो गया फिर पेड़, सिर्फ़ पेड़ रह गया।

कल्पवृक्ष हो या न हो वह तो अपने इस पीपल को भी कल्पवृक्ष मान ले सकती है।

पीपल क्या, वह तो किसी भी पेड़ को मान ले।

मानने को तो क्या न मान ले। उस दिन दफ़्तर में भोलू ने कहा कि अभी तो क्या चालीस-पैंतालीस की होंगी?

उसने अपने को चालीस का तो नहीं चट से पैंतालीस का मान लिया। यानी पचास होने में अभी पूरे पाँच साल बाकी हैं।

पाँच साल यानी कितने सारे महीने?

गिनकर पूरे साठ। चमचमाते कलदार।

सारा दारोमदार उन साठ महीनों पर था।

जैसे वह पाँच साल किसी दूसरे के हिस्से के हों और उसे मुफ्त ही मिल गए हों, मोहलत की तरह।

अब तो सारे काम हो ही जाएँगे।

जो पैंतालिस सालों में नहीं हुए वे पाँच में कैसे हो जाएँगे?

हो जाएँगे। अब वैसी मूर्खता बिलकुल नहीं करूँगी। सदा सोचती थी पहले इन फालतू के बखेड़ों को निपटा दूँ फिर इत्मीनान से इनको करूँगी।

फालतू के यानी?

रोज़ के, नियम की तरह किए जाने वाले काम। कायदे से हो तो इन्हें अपने आप ही जाना चाहिए। उन सभी कामों को अपने हाथ से करने की बुरी आदत उसे शुरू से पड़ गई थी।

आजी के शब्दकोश में नहीं आता या नहीं बनता – जैसे शब्द थे ही नहीं। इसलिए किया हो न किया हो, उसे यह कहने की छूट नहीं थी कि – नहीं आता – कि नहीं बनता। जो भी काम कहा जाता करना ही पड़ता।

इससे संकट यह पैदा हुआ कि सब तरह के काम होते; लगभग सभी उससे बनते और सारे कामों को होना तो था ही।

हर दिन की शुरूआत में सोचती जल्दी से इन अलामातों को निपटा लूँ, फिर इन की बारी। इत्मीनान के चक्कर में सारे ज़रूरी काम टलते गए। साल दर साल। कुछ तो कभी हुए ही नहीं।

पाँच साल यानी साठ महीने यानी दो सौ चालीस हफ्ते यानी एक हजार आठ सौ दिन!

अधधध! केटला बधा नाळियेर! (अधधध! कितने सारे नारियल!)

इन सालों के भीतर कितनी इफरात थी, कितनी सारी जगह!

कहीं भी बैठो, उठो, कुछ भी करो।

बीत चुके पैंतालीस सालों में तो तिल धरने को जगह नहीं थी। वे साल तो जैसे पलक झपकते बीत गए, बिना कुछ किए धरे!

अब भी अगर, सिरे से सोचना शुरू करे कि 'कुछ' यानी क्या? तो हो सकता है वह कभी भी पता न लगा पाए। हो सकता है ये मुफ्त के

पाँच साल भी यही पता लगाने में बीत जाएँ और आख़िर तक पता न चल पाए कि वह ज़रूरी काम क्या था जो उसे करना था?

वह रोटी बनाती और सोचती शायद यही था वह काम जो मुझे करना था।

टिन्नी के दुख रहे पैरों की मालिश करती और सोचती शायद यही रहा हो वह काम।

दिन भर आसमान को देखती रही और सोचा शायद यही था वह।

आखिर में हर बार पता चलता यह वह काम नहीं था। वह तो कुछ और ही था जो उसे करना था।

कुछ करे न करे यह एक अलग सवाल था।

अब उसके पास पूरे पाँच साल थे और पाँच सालों में तो कितना कुछ किया जा सकता है!

जैसे पाँच साल न मिलकर, उसे पाँच भव मिल गए हों!

पाँच भव में कम से कम, पाँच चीज़ें तो वह हो ही सकती है। नानी कहती थीं कि उन्होंने तो चार साल में जाने कितने भव देख डाले थे। चलो, इतने से ही छुटकारा तो मिला!

अपने सारे भवों में नानी रही तो औरत की औरत ही।

औरत के अवतार को वे रांड़ का अवतार कहतीं। जैसे औरत होने में रांड़ होना शामिल हो। बल्कि प्रमुख हो।

थोड़े थोड़े दिनों बाद वे उसे नए सिरे से बतातीं –

तेरे को पता है? औरत होने का एक बड़ा भारी फायदा है।

क्या?

कि कोई भी औरत कभी भी छठे नर्क में नहीं जा सकती।

चाहे वह कुछ भी कर डाले?

हौ चाहे कुछ भी कर डाले।

हर बार वे इस बात को इतने गर्व से बतातीं जैसे बाज़ी उन्होंने ही मार ली हो और निश्चिंत रहतीं, जैसे तमाम नरकों में छठा नर्क ही सबसे भयानक हो और उसके मुकाबले बाकी नरकों की तो कोई बिसात ही न हो। आदमी बेचारे को तो उसमें भी जाना पड़ सकता है।

इकलौती इसी एक बात पर वे कितनी बार खुश हो चुकी थीं।

अब नर्क में ही डली रहोगी कि बाहर भी निकलोगी? नानी तो 'छठे नर्क में' न जाने के तिनके को पकड़कर तर गईं और तुम हो कि जा गिरी हो उसी में। इसके अलावा नानी के नर्क तो हैं ही कितने? ईन, मीन और साढ़े तीन! मगर तुम्हारे नर्कों की तो गिनती ही मुश्किल। उन्हीं उन्हीं नर्कों में बार-बार जाने से नानी का काम तो चल ही जाता था, तुम्हें तो हर बार एक नया ही नर्क चाहिए पड़ता है। नर्क को छोड़ो, इस समय सवाल यह है कि इन पाँच सालों में मुझे करना क्या है? दाएँ पीपल से बाएँ पीपल के बीच टहलती हुई वह सोचती रही, फिर लेट गई रेलिंग पर।

छत के दरवाज़े से होता हुआ वह आकर उसकी बगल में खड़ा हो गया। वह उसी तरह लेटी रही। उसे पता था वही इस तरह आकर खड़ा हो सकता है, जीन्स की दोनों जेबों में हाथ ठूँसे हुए। वह अपने हाथों को इसी तरह ठूँसे रहता है।

क्या इस डर से कि बाहर निकलने पर कहीं उपद्रव मचाना न शुरू कर दें? उसने पूछ ही डाला।

वह देर तक हँसता रहा।

तुम बहुत बदमाश हो, यह तो मुझे सूझा ही नहीं था।

दरअसल चलते समय या खड़े होते समय जब ये खाली होते हैं तो कभी समझ में नहीं आता कि इनका क्या करूँ? इनको कैसे रखूँ, कहाँ रखूँ?

एक दिन दोनों जेबों में हाथ ठूँसे चाबी ढूँढता खड़ा था, तभी अचानक सूझा कि जब भी ये खाली हों इन्हें जेबों में ठूँस दिया जा

सकता है। कम से कम कुछ देर के लिए तो इनसे निजात पाई जा सकती है। उस दिन ऐसे खुश रहा जैसे बड़ी भारी खोज कर डाली हो। चकित इस बात पर था कि इतनी मामूली-सी बात मुझे इतने सालों तक क्यों नहीं सूझी होगी?

अस्तु के दोनों हाथ उसके सर के नीचे थे। वह आसमान को मुखातिब थी। टहलता हुआ सन्ति छत के दूसरे सिरे तक चला गया था। लौट कर फिर उसी तरह बगल में खड़ा हो गया। कई बार सिरे तक गया –

बीच बीच में लौटकर खड़ा रहा बगल में –

कहीं अता-पता है?

किसका?

तुम्हारा।

मैंने सोचा अपने बारे में पूछ रहा है।

उसने नहीं पूछा कि वह ऊपर क्यों और कैसे आया? उसने मगर बताया – दरवाज़ा चौधान खुला पड़ा है, हर किसी को बुलाता हुआ। भीतर टिन्नी मशगुल है अपनी मोटर को दौड़ाने में, अतीक सो रहा है, बाई कपड़े धो रही है पीट पीट कर ...

वह उसे देखे जा रही थी

और?

तुमने सोचा था?

हाँ

क्या? कि मैं आऊँगा?

नहीं ...

यही कि तुम कभी भी आकर इस तरह खड़े हो सकते हो।

ऊँह, ऐसे तो कोई भी खड़ा हो सकता है।

नहीं हो सकता।

क्यों?

तेरे को पंकज की याद है?

गालों में गड्ढों वाला?

ऐसे कह रहा है जैसे गंदे पानी के गड्ढे हों।

नहीं ऐसे, जैसे तूने उँगलियाँ घुसेड़कर बिठा दिया हो।

पता है जब हेमंत, प्रकाश, डब्बू के बीच खड़ा बोल रहा होता तो अपने हाथ-पैरों को इतना ज़ोर ज़ोर से फेंकता था कि हर बार फेंकने के साथ ही वे गायब हो जाते थे जैसे फिर कभी लौटने वाले न हों। कितनी ही बार वह अपने हाथ-पैरों को इसी तरह फेंक चुका था लेकिन वे हर बार नए सिरे से निकल आते थे।

वह बात कर रहा हो उस समय अगर मैं और उत्तरा पहुँच जाते तब तो मज़ा आ जाता। हमें देखते ही उसके हाथ-पैर अपने अपने बिलों में घुस जाते। वह ऐसा हो जाता जैसे बिना हाथ-पैरों वाला गुड्डा हो?

अब सवाल यह है कि वह बेचारा गुड्डा यहाँ आकर और वह भी मेरी बगल में खड़ा कैसे हो सकता है? रहे तुम तो तुम्हारा कोई क्या कर लेगा?

क्यों मेरे साथ कुछ भी नहीं हो सकता क्या?

कुछ भी यानी?

कुछ भी यानी—मसलन, बलात्कार क्या मेरे साथ नहीं हो सकता?

वह हँसने लगी। हो तो क्यों नहीं सकता, लेकिन नतीजा क्या निकलेगा? जब कि मेरे साथ तो यह भी हो सकता है कि हाथ पर उठ आए फफोले से ही, कहो कोई खूबसूरत सी लड़की पैदा हो जाए।

तब तो यह भी हो सकता है कि तुम को जहाँ कहीं छू दिया जाए, वहीं से जनना शुरू कर दो।

यह भी हो सकता है, लेकिन तुम्हें तो मैं पूरा का पूरा चींथ डालूँ तो भी तुम कुछ नहीं जन सकते, एक कंतुआ तक नहीं। कहते हुए उसने

अपना हाथ सन्ति की ओर बढ़ाया। उसने पकड़ कर हल्की सी ताकत से खींचा, वह उठ कर बैठ गई अपनी जगह।

तुम्हारा तो कोई कुछ नहीं कर सकता, हवा का ही कोई क्या कर लेता है या फिर मौत का?

किसी किसी को तो ऐन मरने के क्षण तक भी दिखाई नहीं देती। दादा को ही कब दिखी थी?

वे तो आराम कुर्सी पर बैठे शाम की चाय का इन्तज़ार कर रहे थे कि चाय से पहले ही आ चढ़ी थी वह।

और उत्तरा की माँ को तो बरसों पहले से ही दिखनी शुरू हो गई थी, लगातार अपनी ओर आती हुई। फिर तो कोई चीज़ उन्हें अकेली दिखती ही नहीं थी, हर चीज़ से लगी-लिपटी होती थी मौत।

मौत की तरह ही नामालूम और अटल था वह। इतनी अचानक घंटी बजती कि पूरा घर हड़बड़ा जाता। दरवाज़े के पीछे वह खड़ा होता शांति के अवतार की तरह। समय कोई सा भी हो, हर बार पूछता कि ग़लत वक़्त पर तो नहीं आ गया?

चाहे तो अपने से टल जाए, पर टाल इसे कौन सकता है! विधाता के लेख से भी अमेट!

उस दिन भरी दोपहर घंटी सुनाई दी थी। उसने यही सोचकर दरवाज़ा खोला था कि कोई होगा तो नहीं ही, उसे बस दरवाज़ा खोलना है और कोई नहीं है यह देखकर फिर से बंद कर देना है –

खोला तो वह दरवाजे की चौखट पर कोहनी और बाँह पर अपना सर टिकाए ऐसे खड़ा था जैसे दरवाजे के खुलने की उम्मीद पूरी तरह खो चुका हो।

अरे तुम! उसने अकबकाकर दरवाज़ा खोलते हुए कहा।

उसकी चाल में राहत थी। तुम क्या सचमुच घर में थी?

हाँ क्यों?

कुछ नहीं, मैं डर गया था।

वह हँसी। तुमने क्या सोचा मुझको पंख लगे और मैं उड़ गई?

नहीं। ... वह तय नहीं कर पाया कि उसने क्या सोचा था।

अस्तु ने कहना चाहा, उसे कई बार घंटी सुनाई देती है और हर बार, यही सोचकर वह दरवाज़ा खोलती है, कि वह होगा। अक्सर तो बाहर खाली जगह ही मिलती। वह देर तक उस जगह को घूरती रहती जैसे उसके घूरने भर से वह वहाँ पैदा हो जाने वाला हो। वह उसे देखती रही। कहा कुछ नहीं।

वह छत पर टहले जा रहा था। एकाएक बीच छत पर खड़ा-खड़ा हँसने लगा। याद है, शुरू के दिनों में एक बार तुझ से पूछा था –

ए अस्तु, तुझे डर नहीं लगता?

ऊँहूँ, तुझे लगता है?

हूँ! मैंने गरदन हिलाकर हामी भरी थी, फिर नहीं कहते हुए ओंठ काट लिया था।

पता चल गया, लगता है लगता है। अच्छा बता काहे से लगता है?

पहले बोल हँसेगी तो नहीं, किसी से कहेगी तो नहीं?

ऊँहूँ, बिलकुल भी नहीं।

मैंने गर्दन घुमाकर इधर-उधर देखा, फिर धीरे से फुसफुसाया, मुझे न वह जो दरवाज़े के ऊपर बैठी है न उससे डर लगता है।

उसने ठीक दरवाज़े के ऊपर देखा। एक तगड़ी सी छिपकली बैठी थी कीड़े की घात में।

धत्तेरे की! छिपकली से भी कोई डरता होगा?

ए अस्तु, सच बता न, तुझे किसी भी चीज़ से डर नहीं लगता?

'ऊँहूँ, कहा न एक बार कि नहीं लगता, किसी भी चीज़ से नहीं' – कहते हुए उसने सन्ति को देखा। जैसे पहली बार देख रही हो – लगता है डर, मुझे भी तुम्हारे 'डर' ने जैसे मुझे निडर साबित कर दिया हो।

काहे से लगता है?

मुझे न दो चीज़ों से लगता है एक तो तुम से और दूसरे ख़तरनाक आदमी से –

मुझ से काहे का डर? सच बता न।

सच ही तो बता रही हूँ।

क्या? कि मुझ से डर लगता है और वह भी तुझे?

बिलकुल ठीक।

लेकिन क्यों?

क्योंकि माँ कहती है।

डरने को?

हाँ।

मगर मुझ से क्यों?

क्योंकि तुम आदमी हो।

और यदि मैं जानवर होता तो?

तब फिर काहे का डर

तो मैं घोड़ा हो जाऊँ?

पागल है, वह तो माँ कहती है डरने को, मैं थोड़ी न डरती हूँ। तूने कंधे से पकड़ कर झिंझोड़ डाला था।

नहीं तो क्या तुझ से डरना शुरू कर देती? एक ख़तरनाक आदमी ही क्या कम था डरने को?

मिला भी कभी?

नहीं।

पचास साल में एक बार भी नहीं?

ऊँहूँ, उसने कुछ निराशा से कहा।

जबकि तुम्हें तो कई बार और कई सारे मिल चुकने चाहिए थे अभी तक।

बकौल माँ के एक भी आदमी ऐसा हो ही नहीं सकता जो ख़तरनाक न हो – और तुम्हें तो पाठक, जयंत, प्रकाश, अतीक, विश्वा, सन्ति, बूढ़ा, अजय, डब्बू इतने सारे आदमियों के रहते एक भी नहीं मिला!

दरअसल जब भी कोई आदमी उसे मिलता, वह हर बार सोचती यह ज़रूर ख़तरनाक होगा।

उस दिन वह कैबिन में दाखिल हुई तो नीचे वाली बर्थ पर खिड़की से बाहर देखता हुआ एक आदमी बैठा था। भीतर दाखिल होकर उसने सीटों के नंबर देखे। ठीक सामने वाली उसकी थी। खिड़की वाले कोने में अपना झोला टिकाकर उसने सूटकेस को सीट के नीचे खिसका दिया और बैठ गई।

जैसे ही आदमी ने उसकी ओर देखा उसने पूछ लिया 'आप कहाँ तक जाएँगे?'

लखनऊ।

इनको भी लखनऊ ही जाना है – कब से बैठे हैं ट्रेन में?

कल सुबह से –

और कल रात पहुँचेंगे? इतनी देर तक ट्रेन में ऊब होती होगी, नहीं?

वह कभी भी इतने लंबे समय तक एक ही ट्रेन में, एक ही सीट पर नहीं रही थी। यात्रा लंबी होने की स्थिति में भी बीच-बीच में कभी ट्रेन बदल जाती, जगह बदल जाती, मुसाफिर बदल जाते, कभी कभी तो मौसम भी बदल जाता, एक से दूसरी जगह पहुँचने तक।

आदमी हँसा, बल्कि देर तक हँसता रहा।

स्कूल के दिनों की बात है। उस समय आठवीं में पढ़ती थी। अंग्रेज़ी के मास्टर सा'ब पढ़ा रहे थे एक निबन्ध – अंकल पोज़र – यानी वे खुद पढ़कर सुना रहे थे –

अंकल पोज़र ने कील को दीवार पर टिकाकर इतनी ज़ोर से हथौड़ी मारी कि हथौड़ी के साथ साथ खुद भी दीवार से जा टकराये और उनकी

नाक पिचक कर चपटी हो गई। वाक्य की समाप्ति पर कक्षा के सारे लड़के-लड़कियाँ और मास्टर सा'ब एक साथ हँस पड़े।

मास्टर सा'ब मुलायम-मुलायम और साफ हँसी हँसते थे। वे फिर से पाठ को आगे पढ़ने लगे।

वह तो अभी वहीं की वहीं अटकी पड़ी थी! चपटी नाक को देखती जाती थी और हँसती जाती थी।

कुछ पल तो वे अपनी मुलायम हँसी पर टिके टिके उसके चुप होने का इन्तज़ार करते रहे और फिर से पढ़ाने लगे।

मगर मैं थी कि मुझे तो एक हाथ में हथौड़ी, दूसरी में कील, दीवार से पिचकी नाक के सिवा कुछ दिखता ही नहीं था और हँसी थमने का नाम ही नहीं ले रही थी।

उन शालीन मास्टर सा'ब को भी आखिर मुझ से कहना ही पड़ा – आप बाहर जाकर कुछ देर हँस लीजिए। (और हँसी पूरी हो जाए तब लौट आइएगा, यह उन्होंने कहा नहीं था)। आदमी समझ गया कि यह करिश्मा उसकी हँसी की लंबाई के कारण हुआ।

दरअसल, मैं जब पहली बार ग्रीस गया था तो पूरे पंद्रह दिनों तक जहाज़ पर रहना हुआ था। दिनों तक पानी ही पानी दिखता रहता था, रात-दिन बस पानी। जमीन को देखे दिनों गुज़र जाते। जैसे जमीन हो ही नहीं, पानी ही पानी हो।

माँ का घर बीच की पट्टी पर था और दो तरफ से नदी बहती थी। पट्टी ही सही पर जमीन तो होती ही थी, खूब सारे बड़े बड़े पेड़ भी थे। बाबा का घर जिस इलाके में था वहाँ नदी, समुद्र कुछ नहीं था; कुएँ थे, गहरे गहरे कुएँ। जिस भी चीज़ पर पैर रखती वह अपने तल की ओर धँसने लगती और फिर कुआँ हो जाती। इतने सारे कुओं के बावजूद जमीन थी, बल्कि जमीन फिर भी ज़्यादे ही थी।

वह पहली बार ही था मैंने जमीन को कई दिनों तक नहीं देखा था। नीचे लगातार हिलता हुआ पानी था और उस वक्त मैं डेक के जिस

तख्ते पर खड़ा था उसी को जमीन मान लेने को तैयार था। जहाज़ पर रहते हुए कभी लगता, अपने ही घर में हूँ कभी लगता बाहर हूँ।

अँधेरी रात का समुद्र और उजेली रात का पानी! ऊपर को उछलता हुआ समुद्र। रात को समुद्र और जहाज़ में कोई फर्क नहीं रह जाता, पूरा समुद्र जहाज़ हो जाता।

इतने दिन तक आप उकताए नहीं?

उकताता था, पानी से! जमीन कभी देखने को मिलेगी भी? और पेड़? सब कुछ छोड़कर मैं जमीन का और पेड़ का ध्यान करता।

एक झूला था, लगातार झोले खाता हुआ। कभी नीचे पानी और ऊपर आसमान कभी नीचे भी पानी ऊपर भी पानी, कभी नीचे भी आसमान, ऊपर भी। जमीन कहीं नहीं या जमीन भी पानी।

वह तीस साल पीछे लौटी और आदमी बाईस साल। उतनी दूर पर कोई ख़तरा नहीं था।

यह भी आदमी ही निकल गया –

उबासी लेते हुए वह मन ही मन बड़बड़ाई, फिर बदन को तोड़ा-मरोड़ा और तानकर अपनी सीट पर लेट गई।

□

इस बार जब उसने देखा तो उसे तीन ढेरियाँ दिखाई दीं। दो तो कपड़ों की हिलती हुई अँधेरी परछाइयों में पड़ी थीं और एक धूप के चकत्ते के दक्षिणी कोने पर।

मोटी औरत चली गई थी।

मोटी औरत के आने से पहले वहाँ चार-पाँच बच्चे बैठे थे। यहाँ भी चैन नहीं! कहीं भी जाए कुछ न कुछ तो होता ही है। वह यही सोच-कर ऊपर आई थी कि यहाँ कुछ नहीं होगा और वह इत्मीनान से सोच सकेगी कि वह क्या काम था जो उसे करना था?

वह सोचना शुरू करे इससे पहले ही उसे बच्चे दिखाई दे गए। आमने-सामने बैठे बच्चों में से उसकी ओर पीठ करके बैठे बच्चों ने पलटकर उसे देखा। वे घर की बगल में तिरछे बने धूप के चकत्ते में ऐसे बैठे थे जैसे किसी बिछात पर बैठे हों।

वह छत पर थी। नीचे से उन्हें उसका सिर ही सिर दिखाई दे रहा होगा। वह उन सबको पूरा का पूरा देख सकती थी बोलते हुए, दौड़ते हुए, लड़ते हुए। वे उसके बाकी बदन को भी नहीं देख पा रहे थे जैसे मुंडेर पर एक सिर बैठा हो, बिना धड़ के। वे अनुमान लगा सकते थे कि इतने बड़े लंबोतरे मुँहवाली औरत मोटी होगी कि दुबली? इसकी कद कितनी होगी? उम्र क्या होगी? इसने कपड़े क्या पहने होंगे? अपना चेहरा मुंडेर पर क्यों रख रखा होगा?

बच्चों को वहाँ बैठा देखकर वह फिर ठुनकी, बस अब ये तो यहीं बैठे रहेंगे शाश्वत काल तक!

उसके हाथ कुछ इस इरादे से उठे कि बढ़कर सारे आसपास को मुची दरी की तरह एक बारगी पूरा उठाकर झाड़ दे।

इससे पहले ही बच्चे उठकर चले गए। जाते जाते वे उसे घूर रहे थे जैसे धक्के दे रहे हों उसे कि हटो यहाँ से, भगो। दरअसल वे समझ गए थे कि वह टलने वाली नहीं है। वे खुद चले जा सकते थे सो चलते बने। बैठो अब मज़े से अकेली। उठना मत अब कभी यहाँ से। जाते-जाते वे उसे खीले की तरह गाड़ गए कि वह अपनी जगह से हिलने डुलने भी न पाए।

अभी तक उसने उन तीनों को तो देखा ही नहीं था। वे एक छोटा सा झुंड बनाए खड़े थे। जब उस झुंड को तोड़ता हुआ एक मटमैले से रंगवाला अपनी जगह से हिला तब पता चला कि वे पिल्ले हैं। वह अपनी जगह से निकला और चक्कर काटता हुआ फिर आकर वहीं खड़ा हो गया। बाकी दोनों पिल्लों ने भी वैसा ही किया। उन दोनों में का एक भी पहले वाले की ही तरह मटमैले पीले रंग का था और दूसरा सफेद मुँह वाला उजले पीले रंग का। उनके मुँह काले थे। उन मटमैले पीले रंग वालों के बदन पर सफेद या काला कोई चकत्ता नहीं था।

यों तीनों ही छोटे थे। पहले तो उसे लगा शायद ये बिल्ली के बच्चे हैं; फिर उनके दौड़ने पर पता चल गया कि वे पिल्ले ही हैं। फुद्दू से उछल उछल कर चल रहे थे। वहीं के वहीं उड़ते कपड़ों की खिसकती छायाओं के घेरों में। धूप के चकत्तों में चल रहे थे। ऐसे जैसे पूरी दुनिया पड़ी हो उनके चलने को। उनकी चाल से पता चलता था कि वे कहीं जा नहीं रहे हैं, न कहीं से आ रहे हैं। वे बस चल रहे थे और मस्त थे।

फिर एकाएक खड़े हो गए झुंड बनाकर।

इस बार जब हिले तो एक मटमैला पीला, काले मुँह वाला पिल्ला सफेद मुँह वाले पिल्ले के सामने जाकर खड़ा हुआ, फिर बढ़कर उसने

अपना मुँह उसके मुँह से सटा लिया। वे आमने-सामने बैठे थे। मटमैले पीले ने सफेद मुँह वाले छुटके को धक्का देकर गिरा दिया। उसने उठने के लिए सिर उचकाया तब तक पीला उस पर सवार हो चुका था। बहुत थोड़ी देर के लिए वह उस पर सवार रहा, फिर उतरा और उससे ठीक उल्टी दिशा में चला गया। सफेद मुँह वाला अभी भी जमीन पर चित पड़ा था। पीले वाले ने एक बार भी पलट कर नहीं देखा।

मोटी औरत वहीं थोड़ी सी तिरछी बैठी थी और अपने मुँह पर हाथ से छज्जा बना कर धूप को गिरने से रोक रही थी। उसने अभी तक उन तीनों को नहीं देखा था। हालाँकि उसको पता ज़रूर होगा कि वे वहाँ हैं। उसने मुंडेर पर बैठे उस सिर को भी नहीं देखा था। वह धूप में निकल कर बैठी थी और धूप ताप रही थी।

सफेद मुँह वाला पिल्ला कुछ देर पड़े-पड़े हाथ-पैर पटकने के बाद उठा, धीरे-धीरे चलता हुआ दूसरे मटमैले पीले के सामने जाकर बैठा और उससे मुँह सटा लिया। कुछ देर बाद धक्का देकर उसे गिरा दिया और उस पर चढ़ बैठा। पीला पहले छटपटाया फिर पड़ गया। इस बीच दूसरा पीला आकर बगल में खड़ा हो गया। उसने सफेद मुँहवाले से अपना मुँह भिड़ा दिया। तभी नीचे वाला खिसक लिया और उसकी जगह खड़े वाले ने ले ली।

इस बीच एक बड़ा सा मुर्गा भी वहाँ प्रकट हो चुका था। वह बार बार जमीन पर चोंच पटक कर कीड़ों को टीपता चल रहा था।

पहला वाला पीला फिर चलने लगा। उसके आगे आगे मुर्गा चल रहा था वह उसके पीछे पीछे।

मुर्गे ने कीड़े को पकड़ने के लिए चोंच पटकी और खड़ा हो गया। मुर्गे के पीछे पिल्ला भी खड़ा हो गया। उसका मुँह मुर्गे की दुम तक पहुँच रहा था। मुर्गा पलटकर ठीक उसके सामने खड़ा हो गया। पिल्ले ने मुँह नहीं भिड़ाया। मुर्गा फिर पलट कर चल दिया, पिल्ला कुछ दूर तक पछियाता रहा और फिर उछल कर दूसरी ओर मुड़ गया।

मोटी औरत उठी और धूप में डली हुई रजाइयों और गद्दों को तहाने लगी। वह बारी-बारी से उन्हें कोने वाले तख्ते पर रखने जाती। फिर लौटती दूसरे को उठाने और तहाने।

सफ़ेद मुँह वाला उठा और उसके पीछे चलने लगा। मोटी औरत रजाई लेकर पलटी तो वह पैर में आते आते बचा। वह फिर से उसके पीछे-पीछे चलने लगा। इस बार एक मटमैला भी साथ हो लिया। पूरे बिस्तरे को तहाकर तख्ते पर रखने के बाद मोटी औरत चली गई।

चलते चलते वे तीनों एक दूसरे के आमने-सामने आते, अगल-बगल होते, एक दूसरे को गिराते-दबोचते, उतरते, चलने लगते। जैसे चलते चलते एक-दूसरे पर से गुज़रे हों। जैसे चल रहे थे वैसे ही चढ़ और उतर रहे थे।

मोटी औरत ने मुंडेर पर के चेहरे को नहीं देखा था। आप कह सकते हैं कि वह बच्चों की तरह सामने नहीं बैठी थी। मेरा मानना है कि बैठी होती तब भी नहीं देखती। उसने अपने सामने ही चल-फिर रहे पिल्लों को भी नहीं देखा था। पैर में आने पर भी बिना देखे ही हाथ से परे ठेल दिया था।

मोटी औरत इस समय कुछ भी देखने को तैयार नहीं थी, उसको कोई फ़र्क नहीं पड़ रहा था। न सिर के मुंडेर पर बैठने से न पिल्लों के लुढ़कने-पुढ़कने से। धूप में बैठी हुई वह ऐसी लग रही थी जैसे उसकी पोटली वहाँ रखी हो और वह कहीं गई हो। या फिर वह तो वहाँ हो धूप में पसरी हुई लेकिन बाकी आसपास कुछ भी न हो।

वे तीन, अब ढेरियों की तरह वहाँ पड़े थे। जैसे चलने से उनका कोई वास्ता न हो।

आज तो लगता है वह पाताल में चली जाए तो भी कुछ न कुछ तो उसे मिल ही जाएगा विघ्न डालने को और वह कुछ नहीं कर पाएगी।

अब यही देखो, घर के भीतर थी तो एक के बाद एक काम दिखाई देता रहा, या कोई आता-जाता रहा। ऊपर आई तो बच्चे बैठे मिले! बच्चे चले गए तो पिल्ले पैदा हो गए और पैदा होते ही खेलने लग गए। फिर मोटी औरत आ गई, जैसे वह उसकी मेहमान हो और जब तक चली न जाए, उसके लिए कुछ भी कर पाना संभव न हो।

पिल्ले तो पहले ही ढेर हो चुके थे, अलग अलग जगहों पर, एक दूसरे से दूर, जैसे उनका किसी से कोई लेना देना न हो और मोटी औरत भी चली गई, अब तो कुछ नहीं बचा?

वह चुपचाप कुरसी से उठी और नीचे फर्श पर लेट गई।

सब कुछ के खत्म हो जाने के बाद भी आसमान तो बचा ही रहता था। मगर आसमान ने कभी उपद्रव मचाया हो उसे याद नहीं उसने कभी कोई बाधा भी नहीं दी न किसी सोच में, न किसी साँस में।

जब कभी साँस कहीं भटक या अटक जाती है तो वह उसे हर बार पकड़ लाता है – ऐन उसी वक़्त जब वह साँस के आने की उम्मीद पूरी तरह से खो चुकी होती है। बल्कि आसमान को तो कुछ करना भी नहीं पड़ता, बस वह हो भर आसपास तो साँस अपने आप चली आती है।

आसमान से उसकी दोस्ती तो तब से है जब वह उसे 'आसमान' कह कर जानती भी नहीं थी। उन दिनों पहली फुरसत जा बैठती थी आसमान से गप्प लड़ाने, चाहे वह बरसात का हो चाहे जाड़े का, चाहे गरमी की रातों का।

आसमान से दोस्ती के दिनों में बादल से, चील से, सूरज से, चाँद से, हवा से सबसे दोस्ती थी। इन में से कोई भी कभी भी गप्प में शामिल हो जाता था। एक बात वह आसमान से कहती, एक हर किसी से, एक सिर्फ़ सन्ति से।

आसमान और सन्ति में से किसी एक को चुनना ज़रूरी नहीं है। ये दोनों साथ-साथ हो सकते हैं।

ऐसा नहीं है कि जहाँ आसमान खत्म होगा वहीं से सन्ति शुरू होगा।

लेकिन तुम्हारी कामना के मुताबिक तो आसमान कभी खत्म होगा ही नहीं और इसका मतलब यह कि सन्ति बेचारा तो कभी शुरू हो ही नहीं पाएगा।

आसमान भी शुरू और सन्ति भी शुरू। शुरू से शुरू।

शुरू में क्या था?

शुरू में?

'अ' अस्तु का!

□